AF210866

Peter Tkocz

Die Frau
auf der Bank

Kurzgeschichten

Originalausgabe

1. Auflage: Juli 2003

Copyright © by Peter Tkocz, Bremen

Das Werk, einschließlich seiner Teile, ist urheberrechtlich ge-schützt. Jede Verwertung außerhalb der engen Grenzen des Urheberrechtschutzgesetzes ist ohne Zustimmung des Autors unzulässig und strafbar.

Nachdruck, auch auszugsweise, ist nur mit schriftlicher Ge-nehmigung des Autors erlaubt.

Lektorat: Maja Langsdorff, Stuttgart

Satz und Umschlaggestaltung: Peter Tkocz

Herstellung: Books on Demand GmbH, Norderstedt

Printed in Germany

ISBN 3-8330-0620-X

Der Autor

Peter Tkocz, Jahrgang 1957, lebt in Bremen und ist von Beruf Polizeibeamter. In seiner Freizeit ist er überwiegend schriftstellerisch tätig.
Der vorliegende Kurzgeschichtenband ist seine zweite Veröffentlichung.

Die Kurzgeschichten

handeln von Schicksalen, zwischenmenschlichen Beziehungen und deren unvorhersehbaren Entwicklungen. Sie berichten auch von schönen und unvergesslichen Momenten. Es sind Geschichten, die von starken Emotionen erzählen.

Diese Kurzgeschichten sind all jenen Leserinnen und Lesern gewidmet, die sich auf irgendeine Weise mit ihnen identifizieren.

Inhalt

Teil 1

... dann war´n sie ganz allein

Draußen

Nach einem lauten Ruck schob sich das Eisentor Zentimeter für Zentimeter beiseite und gab den Blick auf die Straße frei.

Der Mann setzte sich erst in Bewegung, als sich die schweren Rollen nach einer kurzen Pause in die andere Richtung drehten, um das Tor wieder zu schließen.

Zielstrebig ging er die Straße entlang, als ob er diesen Weg jeden Tag gehen würde. Und dabei war es sehr lang her gewesen, dass er überhaupt auf einer Strasse gegangen war. Er dachte erst gar nicht darüber nach, wann es das letzte Mal gewesen war, dass er sich frei bewegen können hatte.

Alles kam ihm so fremd vor. Da standen viele Häuser, die er in dieser Gegend nicht vermutet hätte. Sogar neue Straßen und Wege, auf denen er nie zuvor unterwegs gewesen war. Jahre waren vergangen, bis er endlich seine Stadt hatte wiedersehen sollen. Heute war es endlich soweit.

Als er an der Bushaltestelle ankam, nahm er einen Zettel aus seiner Jackentasche. Mit einem kaum lesbaren Okay hakte er die erste Zeile ab, in der geschrieben stand:

»..am Torausgang scharf rechts, circa 500 Meter zur Haltestelle, dann Linie 3 in Richtung Innenstadt...«

Er war erleichtert, als der Bus mit ihm endlich davonfuhr. Noch einmal holte er den Zettel hervor und las weiter:

»...Haltestelle *Am Wall* aussteigen und vereinbartes Treffen mit Frau Winter wahrnehmen... Rückkehr gegen 18 Uhr ...«

Der Mann hatte sich auf diesen Tag sehr gut vorbereitet und wollte unter keinen Umständen etwas falsch machen. Er wollte allen beweisen, dass man sich auf ihn verlassen konnte. Auf das, was er sagte und auf das, was er tat.

Heute hatte er diese einmalige Gelegenheit zu zeigen, dass er aufrichtig und zuverlässig war, dass er in diesen vielen Jahren gelernt hatte, sich wieder anständig zu benehmen und vor allem, dass er seine Agressionen unter Kontrolle hatte.

Es war sein großer Tag und er empfand es als befreiend, sich ohne jegliche Kontrolle bewegen zu dürfen. Ohne feste Zeiten einhalten zu müssen und kein »Licht aus - und Ruhe« abzuwarten. Er konnte in den kommenden fünf Stunden tun und lassen was er wollte. Er war ein freier Mensch.

Der Mann stieg nicht am vereinbarten Ort aus dem Bus. Er hatte nie vorgehabt, sich mit dieser Frau Winter zu treffen.

Stattdessen fuhr er weiter mit der Straßenbahn in einen Stadtteil, dem er für sehr lange Zeit den Rücken gekehrt hatte. Unfreiwillig. Nach einer entsetzlichen, einer »brutalen« Tat, wie die Tageszeitung damals sehr ausführlich darüber berichtete.

Als er in der Kellerstrasse vor dem Haus mit der Nummer 58 stand, spürte er seinen Herzschlag. Binnen weniger Augenblicke holten ihn die Erinnerungen ein. Nun sah er auch wieder ganz deutlich vor sich, was damals geschehen war, als er seine Ehefrau überrascht hatte.

Mit zitternden Händen ließ er den Zettel in seiner Jackentasche verschwinden, nachdem er noch einmal den Namen gelesen hatte. Er fand ihn dann schließlich nach längerem Suchen an der Klingelleiste wieder: Hans-Werner Lambrecht. Auf das Klingeln surrte wenige Augenblicke später der Türsummer.

Der Mann fühlte sich anschließend erleichtert. Er hatte es sich recht schwierig vorgestellt, und dabei war alles sehr schnell und ohne jegliche Komplikationen abgelaufen. Kaum mehr als zehn Minuten war er in der Wohnung gewesen.

Und so lautlos wie er gekommen war, war er dann auch wieder gegangen. Niemand hatte ihn beobachtet, als er das Haus betreten hatte, und niemand hatte ihn wahrgenommen, als er diesen Ort verlassen hatte.

Viel zu spät hatte er begriffen, dass er damals das falsche Leben ausgelöscht hatte.

Mit einem guten Gefühl fuhr er in die Stadt zurück.

Wieder stand er vor dem großen Eisentor und schaute sich nicht einmal mehr um, als es sich mit einem lauten Ruck für immer schloss.

Kopfweh

Sie stand am Fenster und sah die schönsten Farben ihres Lebens. Es waren Farben, die sie bisher noch nie gesehen hatte. Leuchtende, grelle und schimmernde waren es. Sie änderten ständig ihre Intensität, wurden blasser und erschienen ihr an anderer Stelle noch viel eindrucksvoller. So einmalig, dass sie diese Farben nicht aus den Augen verlieren wollte.

Kein Regenbogen und auch kein Bild, das sie jemals gesehen hatte, hatte so außergewöhnliche Farben gehabt. Sie wollte sie vorsichtig berühren, anfassen, mit ihnen spielen und für sich aufbewahren, um sich an ihnen zu erfreuen. Sie versuchte immer wieder das Fenster zu öffnen, um an dieses Farbenmeer zu gelangen. Alles um sie herum schien zu leuchten und dabei eine behagliche Wärme auszustrahlen. Genau jetzt, dieser Moment erschien ihr besonders günstig, die Farben endlich in ihr Zimmer zu holen. Mit aller Kraft schlug sie an die Panzerglasscheibe. Sie spürte ihre Hände nicht mehr; die Handflächen hätten ihr vom Aufschlagen doch eigentlich weh tun müssen. Die Farben begannen schließlich allmählich zu verblassen und plötzlich meldeten sich diese Stimmen in ihr zurück.

»Du kannst hier nicht raus. So sehr Du Dich auch bemühst. Die Farben gehören Dir nicht.«

Sie begann zu weinen und hörte endlich auf, gegen die Scheibe zu schlagen. Sie setzte sich auf die Bettkante und betrachtete das Zimmer. Es wurde sehr still um sie herum. Und plötzlich meldete sich wieder die Stimme in ihr.

»Niemand von denen, die Du kanntest und die Dich lieb hatten, ist da. Alle sind gegangen. Nur Du bist hier allein und für immer eingeschlossen. Es gibt kein Entrinnen für Dich. Kein Draußen, kein Weglaufen, keine Menschen und auch keine Zukunft.«

Sie begann ganz leise zu rufen.

»Hallo! Hallo! Kann mich jemand hören?«

Und immer lauter versuchte sie Kontakt aufzunehmen. Aber um sie herum schien niemand mehr zu sein.

»Hallo! Kann mich denn niemand hören? Ich will hier raus! Ich halte es drinnen nicht mehr aus! Lasst mich hier raus!«

Sie begann zu toben und Gegenstände wild um sich zu werfen. Sie stieß den Tisch beiseite, leerte die Schränke und Schubladen und stopfte den Inhalt in einen großen Koffer. Und als ihr Blick im Bad für einen kurzen Moment auf ihr Spiegelbild fiel, begann sie sich selbst zu beschimpfen.

»Hey, wer bist Du denn? Was willst Du hier? Ich kenne Dich nicht und will mit Dir nichts zu tun haben. Verschwinde, bevor ich mich vergesse. Ich mag Dich nicht. Sieh zu, dass Du aus meinem Leben gehst!«

Vergeblich versuchte sie, den Spiegel von der Wand zu reißen. Sie erkannte sich nicht mehr wieder und schlug nun auf ihr Spiegelbild, auf sich selbst ein und riss sich mit aller Kraft die Kleidung vom Leib.

»Es geschieht Dir ganz recht. Warum bist Du nicht gegangen, als ich es Dir sagte?«, antwortete sie sich selbst. Sie lag völlig entkräftet und nackt auf dem Fußboden und schrie verzweifelt um Hilfe.

»Warum hilft mir denn keiner? Warum lasst Ihr mich denn alle allein? Ich werde sterben, wenn mir keiner hilft!«

Mit bloßem Körper lag sie nun neben dem Bett und spürte, wie sich das Zimmer im Uhrzeigersinn zu drehen begann. Erst ganz langsam, dann immer schneller und schneller. Sie hielt sich mit beiden Händen am Bettgestell fest und schrie, so laut sie konnte.

»Aufhören! Aufhören! Ich kann mich nicht mehr festhalten! Es ist zu schnell. Es dreht sich zu schnell! Aufhören!«

Und wieder wurde es ganz still um sie herum. Es waren keine Stimmen mehr zu hören und auch keine Farben mehr zu sehen.

Vier kräftige Arme hoben sie vorsichtig an und legten sie auf das weiche Bett. Wenige Augenblicke danach vernahm sie ein vertrautes Geräusch und spürte ein warmes, wohliges Gefühl in ihrem Körper. Im Sekundentakt lösten sich Tropfen der Infusion, liefen in einen dünnen Schlauch und verschwanden schließlich in ihrem Arm.

Nun lag sie völlig entspannt und zufrieden mit einem Lächeln da und flüsterte kaum hörbar.

»Ich hab Kopfweh! Ich hab so entsetzliches Kopfweh! Und ich hab wunderschöne Farben gesehen. Ich möchte endlich nach Hause.«

Aussprache

Hast du mich jemals wirklich geliebt in den vielen Jahren, die wir uns nun schon kennen? Ich kann es einfach nicht verstehen, warum du mir das angetan hast. Du hast mich ohne ersichtlichen Grund verlassen. Es will nicht in meinen Kopf hinein. Waren wir nicht glücklich miteinander? Denkst du denn nicht auch manchmal daran?

Nein, ich denke nach Möglichkeit nicht mehr zurück an unsere Zeit. Sie ist Vergangenheit und ich habe viele Jahre meines Lebens nicht gelebt. Es drehte sich alles nur noch um dich und deine Probleme. Für mich war da kein Platz mehr und ich spielte keine Rolle in unserer Beziehung. Ist dir das nicht aufgefallen?

Aber du brauchtest dich doch um nichts zu kümmern. Wer hat denn stets dafür gesorgt, dass du immer pünktlich und ausreichend zu essen hattest? Wer war es denn, der überwiegend die Hausarbeit erledigte, die Einkäufe und vieles andere mehr? Bin ich es nicht gewesen, die dich im täglichen Leben entlastete, sodass du tun und lassen konntest, was du wolltest?

Nein, das habe ich nicht vergessen, ganz bestimmt nicht. Aber du wolltest dir ja auch nichts von dieser Arbeit abnehmen lassen. Dies alles sind nur Nebensächlichkeiten in unserer Beziehung gewesen. Daran ist sie letztlich gar nicht gescheitert. Das weißt du doch ganz genau.

Und woran ist sie denn deiner Meinung nach gescheitert?

Willst du es wissen? Soll ich dir sagen, warum ich nach über zwanzig Jahren ausgebrochen bin?

Ja, erkläre mir das bitte. Ich habe es bis heute nicht verstehen können. Dafür habe ich keine plausible Erklärung.

Nun, da hast du wohl einiges Wesentliche in deinem Leben nicht begriffen. So zum Beispiel, dass es in einer intakten Beziehung stets ein gegenseitiges Geben und Nehmen sein sollte. Dazu gehört auch, dass jeder für sich verantwortlich ist und seine Verantwortlichkeiten nicht einfach dem Partner auferlegt, in der Hoffnung, der wird es schon für mich richten.

Aber das stimmt überhaupt nicht !

So? Und wie kommt es dann, dass du dich seit vielen Jahren hinter deinen Problemen versteckst und so tust, als seien sie von Gott gegeben, unabänderlich, so eine Art Schicksal oder Heimsuchung, der du dich fügen musst? Warum hast du nie etwas dagegen unternommen? Es lag in deinen Händen, etwas daran zu ändern.

Stattdessen hast du dich mehr und mehr aufgegeben. Schließlich hattest du irgendwann keinen Lebensinhalt, keine Perspektive mehr und somit auch keine Motivation, deine negative Einstellung zum Leben nachhaltig zu ändern. Aber es ist ja auch der bequemere Weg, sich hinter einem Berg von Schwierigkeiten und Problemen zu verstecken.

Das nehme ich dir im Nachhinein sehr übel, weil ich weiß, dass du die Kraft gehabt hättest etwas zu ändern, wenn du es wirklich gewollt hättest. Aber nun ist es zu spät. Du hast unsere Beziehung verspielt, wie Geld in einer Spielbank.

Du hast meine Warnungen nicht Ernst genommen, hast sie ignoriert, weil du dir sicher, sogar sehr sicher warst, dass ich dich nie verlassen würde. Das Gegenteil ist jedoch der Fall.

Du hast mich wegen meiner Depressionen, meiner Stimmungen und Ängste verlassen? Weil ich krank geworden bin, hast du mich verlassen, bist einfach gegangen?

Ich hätte nie gedacht, dass du so herzlos sein könntest. Und was für Warnungen sind es denn gewesen, die du mir gegenüber ausgesprochen haben willst? Ich weiß nur, dass du deine Sachen gepackt hast und ausgezogen bist. Und das hat verdammt weh getan. Es schmerzt mich noch immer.

Es ist nicht deine Krankheit wegen der ich dich verlassen habe. Das siehst du falsch. Ich habe dich verlassen, weil du an dir nicht arbeiten wolltest. Du hast dich mit deiner Krankheit arrangiert, hast sie mehr geliebt als deinen Ehemann. Du hättest viel mehr für dich tun müssen. Wie viele Ärzte und Therapeuten haben es dir nahe gelegt und dich eindringlich darauf hingewiesen, dass du gegen deine Krankheit ankämpfen musst, wenn du überleben willst?

Hast du dir ein Mal überlegt, wie viele Menschen sich mit dir beschäftigt haben? Wie viele du im Grunde an der Nase herumgeführt, ja benutzt hast? Und von wie vielen du in den vergangenen Jahren dann auch noch abhängig geworden bist?

Da ist es doch nur verständlich, dass ich mich von dir und aus unserer Ehe verabschiedet habe. Aber dies ist nicht der alleinige Grund, aus dem ich gegangen bin. Und das weißt du sehr genau.

So, was ist es denn noch, was dich dazu brachte, mich wie einen alten Besen in die Ecke zu stellen, wie einen abgenutzten Gegenstand zu entsorgen, weil er dir zu nichts mehr nütze erschien? An Argumenten und Gründen fehlt es dir ja nun wirklich nicht, habe ich das Gefühl, wenn ich dir so zuhöre. Übrigens wäre ich nicht darauf gekommen, dass meine Erkrankung ein wichtiger Grund gewesen sein soll, für dein feiges Verhalten.

Hast du denn nicht gemerkt, wie sehr ich darunter gelitten habe, dass wir nichts mehr miteinander unternehmen konnten, weil es dir ständig so schlecht ging?

Und hast du dir nie darüber Gedanken gemacht, wie es mir die ganze Zeit über ging, mit solch einer Frau wie dir zusammen zu leben und über so viele Jahre hinweg kaum Zärtlichkeiten auszutauschen?

Hast du denn nicht mitbekommen, wie ich unter diesem Verzicht gelitten habe? Nein, so habe ich mir unser Leben, unsere Ehe, den gemeinsamen Weg mit einer Partnerin an meiner Seite nicht vorgestellt.

Dieser Zustand hat mich traurig und unglücklich gemacht. Ja, ich war enttäuscht. Ich war zunehmend verbittert und verzweifelt, ohne dass du es überhaupt gemerkt hast.

Wie konnte ich dann noch länger mein Leben mit dir teilen, einen gemeinsamen Weg gehen, wenn wir in so unterschiedlichen Richtungen unterwegs waren?

Wie konntest du nur mit dieser Selbstverständlichkeit davon ausgehen, dass ich unter solchen Umständen bei dir bleiben würde? Du warst naiv, wenn du das die ganze Zeit über angenommen haben solltest. Du scheinst grenzenlos naiv zu sein und von dem, was du tust und erlebst, derart überzeugt, dass ich dagegen nichts unternehmen kann und auch nicht mehr will.

Ich war am Ende mit meinen Kräften. Schließlich bin ich gar nicht mehr an dich herangekommen. Du bist schon lange, sehr lange, weit weg von mir.

Ich habe dich bereits vor vielen Jahren innerlich verlassen, habe stillschweigend von dir Abschied genommen, ohne dass du es wusstest. Ich hätte es dir vielleicht deutlicher sagen sollen. Ja, vielleicht wäre das das Richtige gewesen. Aber mir fehlten einfach die Worte. Ich war irgendwann entmutigt, von dem, was ich da mit dir erlebte.

Kannst du dir auch nur annähernd vorstellen, was in mir die vielen Jahre vorging, in denen ich so unglücklich mit dir war? Wann begreifst du endlich, was dein Verhalten in mir bewirkt hat und wie deine Probleme unsere Beziehung nach und nach zerstört haben?

Aber warum hast du mir nie etwas davon erzählt? Warum um Himmels Willen hast du alles mit dir selbst ausgemacht? Wir hätten darüber reden können.

Wie hätte ich denn ahnen sollen, was mit dir ist, was du empfindest, wie es dir geht, und was deine Wünsche und Sorgen sind? Wie konnte ich denn nur wissen, dass du so unglücklich mit mir warst?

Vieles höre ich heute zum ersten Mal von dir. Und ich bin sehr überrascht und enttäuscht, ja, und auch wütend darüber, dass du mit mir nicht geredet hast.

Stattdessen bist du ausgezogen, hast mich Hals über Kopf verlassen. Du bist regelrecht vor mir geflüchtet. Deine Reaktion ist für mich nach wie vor unbegreiflich. Ich bin maßlos enttäuscht von dir!

Aber das bin ich auch von dir! Du siehst ja noch nicht einmal jetzt ein, was in mir vorgegangen ist. Du versuchst nicht zu verstehen, was dazu geführt hat, dass ich dich verlassen habe.

Du bist mit dir so beschäftigt, dass du nicht einmal ahnst, was dein Gegenüber möchte, warum ich so denke und handele, was meine Wünsche und Bedürfnisse sind.

Du bist extrem egoistisch und egozentrisch. Und du bist von dem was du tust, derart überzeugt, dass andere Menschen in deinem Leben keinen Platz mehr haben.

Deshalb habe ich dich verlassen. Und ich habe es bisher nicht einen Tag bereut, von dir gegangen zu sein. Nun kann ich endlich das tun, was ich schon immer tun wollte, und sagen, was ich schon immer sagen wollte. Es ist etwas, was mit dir seit sehr langer Zeit nicht mehr möglich war:

Ich kann endlich wieder leben!

Ohne Vorwarnung

»Weißt du eigentlich, wie sehr ich dich liebe?«

»Ja, Sarah, ich weiß es, und du lässt es mich immer wieder auf sehr schöne Weise spüren.«

»Ich bin glücklich mit dir, Matthias. Seit wir uns kennen, vom ersten Tage an, habe ich dieses Gefühl in mir, und ich genieße es, von dir derart verwöhnt zu werden.«

Sie liegt entspannt neben ihm und betrachtet seinen durchtrainierten Körper. Er gibt ihr das Gefühl, jemanden sehr Vertrauten um sich zu haben. Jemanden, der sie beschützt, wenn sie Hilfe braucht, und der ihr ein Zuhause mit Wärme und Geborgenheit gibt, wie sie es nie zuvor kennen gelernt hat.

Und er versteht es zu genießen, wenn seine Frau ihn so anschaut und sich an ihn lehnt, dass sie sich unmerklich und leicht berühren. Ihrem zierlichen Körper sieht man nicht an, dass sie Mutter einer vierjährigen Tochter ist.

»Matthias, ich bin stolz auf dich! Ja, ich bin sehr stolz auf dich und auf alles, was wir beide miteinander erlebt und erreicht haben. Manchmal denke ich, es ist alles nur ein Traum, ein schöner Traum, der nie zu Ende gehen darf.«

»Es ist kein Traum, meine liebe Sarah! Wir haben es wunderschön miteinander, und ich möchte nichts davon missen. Ich bin sehr glücklich mit dir.«

Er streichelt sie mit seinen großen Händen behutsam, berührt vorsichtig ihre Wangen. Sie schließt ihre Augen und genießt diese Momente voller Glück und Zufriedenheit. Sie wünscht sich, er möge nicht aufhören, sie zu verwöhnen. Er beginnt sie zärtlich zu küssen. Zunächst vorsichtig, wobei er ihr etwas ins Ohr flüstert. Seine leidenschaftliche, fordernde Art sie zu liebkosen, nimmt sie passiv wahr.

Sie kostet es an diesem Morgen besonders aus, und er spürt ihren warmen Atem über seine Haut streichen. Sie gibt sich ihm vollkommen hin und fühlt sich ihm für Augenblicke auf angenehme Weise ausgeliefert. Beide spüren, wie sie Lust aufeinander bekommen, so, wie sie es auch in ihrem letzten Urlaub oft erlebt haben. Damals waren sie schon in freudiger Erwartung, und seine Frau bekam wenige Monate später ihre erste Tochter Elissa.

Gerade, weil es in letzter Zeit selten vorkommt, dass sie sich in der Woche morgens so nah sind, nimmt sie jede Berührung ihres Liebsten mit besonderem Genuss wahr. Sie sind glücklich miteinander und können sich nicht vorstellen, dass es jemals anders sein könnte.

Beide haben einen ausgefüllten Tag vor sich, der sie beruflich fordern wird. Aber jetzt vergessen sie alles um sich herum. Sie sind sich einig und geben sich ganz ihren Gefühlen hin.

Seit acht Jahren kennen sie sich nun schon und haben sich vom ersten Augenblick an so gemocht, als hätten sie sich schon lange Zeit gekannt. Sie sprechen gelegentlich über die ersten Minuten ihrer Begegnung und wie sie sich nach einem wochenlangen Briefwechsel persönlich kennen gelernt haben. Sie schienen sich gesucht und gefunden zu haben. Er ging etwas schüchtern und verlegen mit einem Blumenstrauß auf sie zu. Und sie, mit ihren auffallend hübschen Augen, schon immer recht selbstbewusst und neugierig, umarmte ihn völlig überraschend und unkompliziert. Sie küsste ihn liebevoll und zärtlich. Dies war der Beginn einer leidenschaftlichen und sehr bewegten Beziehung. Bereits wenige Monate später heirateten sie.

An diesem Morgen können sie sich kaum voneinander losreißen. Am liebsten würden sie den ganzen Tag im Bett verbringen und sich nah sein.

»Es wird Zeit, dass wir aus den Federn steigen, sonst schaffen wir es nicht mehr, rechtzeitig bei der Arbeit zu sein.«

Wieder einmal ist sie es, die in ihrer liebevollen, doch unnachgiebigen Art zur Vernunft mahnt, auch wenn sie noch gern mit ihrem Matthias an diesem Ort der Emotionen und Träume verweilt hätte, weit weg von beruflichen Verpflichtungen, Terminen und Besprechungen. Aber es hilft nichts.

»Muss das jetzt sein? Wir könnten doch noch die eine oder andere...«

Sie unterbricht ihn entschieden, aber herzlich, gibt ihm noch einen zärtlichen Kuss auf die Wange, als sie schon neben dem Bett steht und ihren nackten Körper mit einem seidenen Pyjama bedeckt.

»Auf geht's! Die Pflicht ruft! Wir können das, was wir eben begonnen haben, gern heute Abend fortsetzen. Morgen ist ja Wochenende.«

Sie verlässt mit einem Lächeln das Schlafzimmer und geht unter die Dusche.

»Ich werde dich den ganzen Tag daran erinnern und stündlich in deinem Büro anrufen. Und wenn du nicht da sein solltest, lasse ich es dir von deiner Sekretärin persönlich ausrichten,« ruft er ihr noch scherzhaft nach. Er vernimmt kaum, wie sie ihm aus dem Bad antwortet.

»Das kannst du gern tun, dann wissen sie alle, was wir so in unserer Freizeit treiben.«

Die Beiden lieben solche morgendlichen Dialoge und haben Spaß daran, irgendwie miteinander zu spielen, sich gegenseitig Komplimente zu machen und auch mal ausgelassen zu lachen. Sie kennen keine belastenden Auseinandersetzungen am Frühstückstisch, die sie in den Tag begleiten. Nicht, dass sie Konflikte oder Probleme bewusst ignorieren. Ihr Wunsch nach Harmonie ist es, der zu dieser Atmosphäre beiträgt, und auch bei ihrer Tochter Elissa spürbar ist, die mit am Tisch sitzt.

»Elissa, was hältst du davon, wenn wir heute Nachmittag bei diesem schönen Wetter Eis essen gehen?«

»Oh ja. Darf meine Freundin Nadine auch mit?«

»Ja, bring sie ruhig mit, wenn sie Zeit hat,« erwidert Sarah.

»Sie möchte mir sicherlich ihr neues Fahrrad zeigen.«

»Okay, aber jetzt müssen wir gleich los, denn sonst

kommst du zu spät zum Kindergarten. Hole bitte noch deinen Rucksack aus dem Zimmer und vergiss die Turnsachen nicht.«

»Elissa kommt ganz nach ihrer Mutter. Sie ist immer so quirlig und aufgeweckt, voller Tatendrang und guter Laune,« bemerkt Matthias, als Elissa die Küche verlässt.

»Ja, und von dir hat sie den Hang zu Ordnung und Sauberkeit, wie es halt bei Beamten so ist,« entgegnet Sarah etwas ironisch und lächelt Matthias an.

»Irgendwelche Vorzüge und gute Seiten müssen die Staatsdiener ja schließlich vorweisen können als Vorbilder der Nation.«

»Na, was unsere Tochter angeht, ist dir das aber gut gelungen,« schmeichelt sie ihm und räumt nebenbei den Frühstückstisch ab.

»Oh! Vielen Dank, hübsche Frau! Da warst du aber auch maßgeblich dran beteiligt. Das möchte ich hiermit einfach mal feststellen.«

Und plötzlich überrascht Matthias seine Frau mit einer Frage, mit der sie in diesem Moment überhaupt nicht gerechnet hätte. Ernst und nachdenklich schaut er sie dabei an:

»Was hältst du davon, wenn wir beide für eine Woche auf die Insel Sylt fahren?«

»Du meinst... Wir beide? ... Allein?... Ohne Elissa?«

»Ja, nur wir beide. Elissa wollte doch schon immer für einige Tage bei ihrer Freundin übernachten. Wir sollten ihr den Wunsch endlich erfüllen.«

Sarah ist von diesem Vorschlag gerührt, für eine

Woche mit Matthias auf die Insel zu fahren. Sylt ist für sie beide nicht irgendeine Insel. Nein, mit diesem Ort in der freien Natur, weit draußen, verbindet Sarah die schönsten Augenblicke, seit sie Matthias kennt. Was er dann sagt, treibt ihr vor Glück fast Tränen in die Augen.

»Wir sind uns doch schon längst einig, dass Elissa nicht allein aufwachsen sollte. Über ein Schwesterchen würde sie sich sicherlich freuen. Meinst du nicht auch?«

Er spricht an diesem Morgen etwas aus, was sich Sarah immer wieder gewünscht hat. Sie wollte ihren Mann nur nicht drängen, ihm einfach Zeit lassen. Und sie war sich sicher gewesen, er würde auf sie zukommen und ihr diesen Wunsch erfüllen.

»Matthias, du weißt, wie sehr ich mir ein weiteres Kind von dir wünsche?«

Er antwortet nicht, sondern umarmt sie zärtlich und spürt dabei ihre Freude.

»Ich bin die glücklichste Frau, und du zeigst mir immer wieder, wie sehr du mich liebst. Du tust alles, damit wir glücklich sind.«

Sie küsst ihn liebevoll und vergisst darüber ganz die Zeit.

Diesmal ist er es, der darauf drängt, endlich das Haus zu verlassen, denn es ist schon ziemlich spät an diesem Freitagmorgen.

Als Sarah in ihrem Büro eintrifft, liegen bereits diverse Vorgänge auf ihrem Schreibtisch. Als Personalchefin einer namhaften Brauerei stehen ihr, wie jeden Freitag, einige Einstellungsgespräche bevor. Dazu diverse Telefonate, die ihre ganze Konzentration erfordern würden. Es war klar, dass dies ein arbeitsreicher Tag werden würde. Wieder einmal typisch für einen Freitag, denkt Sarah, als sie eine Notiz ihrer Sekretärin las und dabei ihren Mantel ablegt.

Bevor sie sich in ihre Arbeit stürzt, schweifen ihre Gedanken für einige Augenblicke ab. Sie erinnerte sich daran, was Matthias ihr vor kaum einer Stunde auf so liebevolle Weise gesagt hatte. Sie beginnt zu lächeln und stellt sich vor, wie es wäre, jetzt auf der Insel zu sein. Auf ihrer Insel...

Seit mehr als zehn Jahren ist Matthias Polizist. Er liebt seinen Job und kann sich einen anderen nicht vorstellen.

An diesem Morgen bereitet er sich im Polizeipräsidium mit seinem Kollegen Gerhard auf einen Einsatz in der Innenstadt vor. Gegen 9.40 Uhr treffen sie in der schon sehr belebten Fußgängerzone ein.

Sarah ist gerade auf dem Wege von einer Dienstbesprechung zu ihrem Büro, als sie das Klingeln eines Telefons hört. Unweigerlich muss sie daran denken, wie Matthias ihr am Morgen angekündigt hat, sie stündlich anzurufen. Natürlich würde er so etwas nicht tun, da war sie sich absolut sicher.

Aber irgendwie reizvoll hatte sie den Gedanken dennoch gefunden. An Ideen hat es Matthias jedenfalls noch nie gemangelt, stellt sie in sich hineinschmunzelnd fest.

Was er wohl jetzt gerade tut? Manchmal schildert er eindruckvoll, was für Einsätze er erlebt hatte. Aber auch er war an ihrer Arbeit stetsinteressiert und fragte sie nicht selten danach.

Als Sarah gegen 11.30 Uhr das Büro verlassen will, klingelt das Telefon. Ihre Sekretärin ist am Apparat und kündigt zwei unerwartete Besucher an.

»Sarah, hier sind zwei Herren, die Sie gern sprechen möchten. Darf ich sie hereinbitten, oder ist es im Moment ungelegen?«

»Nein, das ist schon okay. Haben sie denn gesagt, wer sie sind und was sie wollen?«, erkundigte sie sich.

»Nein, das haben sie nicht. Sie sagen nur, sie wollen Sie persönlich sprechen.«

Sarah verwirft den Gedanken, dass vielleicht Matthias mit seinem Kollegen in der Nähe war und sie daher kurz besuchen wollte. Dies war bisher nur einmal vorgekommen, und das war schon sehr lang her.

Als die Sekretärin die Tür öffnet und zwei ihr unbekannte Herren eintreten, ist Sarah etwas irritiert.

»Guten Morgen! Sind Sie Frau Engelmann?«

»Ja. Und was kann ich für Sie tun, meine Herren?«

Sarah kann die Situation nicht einschätzen und schaut die beiden erwartungsvoll gespannt an.

»Mein Name ist Kleemeyer, vom Polizeipräsidium, und dies ist mein Kollege Herr Winter.«

Sarah stutzt einen kurzen Augenblick. Was kann die beiden nur hierher führen, fragt sie sich. War es vielleicht wegen eines Mitarbeiters des Unternehmens, gegen den sie ermittelten und über den sie Auskünfte einholen wollten? Oder ging es vielleicht um irgend eine Routineangelegenheit? Etwas anderes fällt ihr in diesen wenigen Sekunden nicht ein. Auf das Nächstliegende kommt sie jedoch nicht.

Ihre Vermutungen gehen in die falsche Richtung.

»Frau Engelmann, es geht um Ihren Ehemann Matthias.«

»Ja, was ist mit ihm? Hat er etwa was angestellt?,« fragt Sarah ironisch und lacht dabei etwas verlegen.

»Schließlich ist er Polizeibeamter, wie Sie auch,« fügt sie noch hinzu und begibt sich an ihren Schreibtisch.

»Frau Engelmann,« setzt der eine Beamte fort, ohne im geringsten auf Sarahs Anspielungen einzugehen.

»Vor etwa einer Stunde kam es in der Innenstadt vor dem Juwelier Sandmann zu einer gewalttätigen Auseinandersetzung. Dabei haben zwei Männer nach einem Raub versucht zu flüchten. Sie sind dabei einer Polizeistreife regelrecht in die Arme gelaufen.«

»Ist Matthias dabei etwas zugestoßen? Oder ist er verletzt worden?,« bricht es aus Sarah heraus.

»Frau Engelmann, Ihr Ehemann versuchte einen der Täter zu überwältigen, während sein Kollege den anderen flüchtigen Täter verfolgte. Dabei zog der Täter unvermittelt eine Pistole und schoss auf Ihren Ehemann.«

»Mein Gott! Ist er sehr schwer verletzt? Und wo ist er jetzt? Wo haben Sie ihn hingebracht?«

Sarah ist völlig außer sich. Sie will sofort zu ihrem Matthias und ihm nahe sein, ihm Mut zusprechen und nicht einen Augenblick lang allein lassen.

»Wo ist mein Mann jetzt? Warum sagen Sie es mir denn nicht?

Ich bin seine Ehefrau, und ich habe ein Recht darauf es zu erfahren.«

»Frau Engelmann, es tut uns leid Ihnen das sagen zu müssen, aber Ihr Mann hatte in dieser Situation einfach keine Chance. Der Schuss aus der Waffe des Täters war für Matthias tödlich. Er traf ihn mitten ins Herz. Er war sofort tot.«

Sarah Engelmann sitzt apathisch an ihrem Schreibtisch. Sie starrt vor sich hin und bringt minutenlang kein Wort heraus.

Die Polizeibeamten lassen Sarah in ihrer Ohnmacht und Verzweiflung nicht allein.

»Hat Matthias denn nicht irgendetwas gesagt, bevor er ...«

»Nein, Frau Engelmann, es ging alles sehr schnell. Er kam nicht mehr dazu etwas zu sagen. Es geschah ohne jede Vorwarnung.«

Noch einmal

An diesem Morgen stand er besonders früh auf. Er tat dies nicht etwa, weil er schlecht geschlafen hatte und froh war, dass die Nacht endlich vorüber war. Nein, er war voll Tatendrang an diesem Donnerstagmorgen und fest entschlossen, sein Leben zu ändern.

Alles war er bisher erlebt hatte, wollte er anders erleben, alles was er bisher gesehen hatte, wollte er anders sehen, mit den Augen eines normalen Menschen, eines Menschen, der akzeptiert wird von seiner Umwelt, der ernst genommen wird, wenn er sich zu Wort meldet.

Bei der Vorstellung, so vieles ändern zu wollen, wurde ihm bewusst, was und wer er war, zu wem er sich gemacht hatte, und wo er nun nach alledem stand. Hinter ihm lagen Jahre der Isolation und des sozialen Abstiegs, geprägt von Arbeitslosigkeit und immer wieder diesen Verletzungen, die ihm zugefügt worden waren.

Schon eine ganze Weile schaute er auf den Wohnzimmertisch und sah das, was er hinter sich lassen wollte. Dieses Vorhaben löste in ihm Euphorie aus: Er war fest entschlossen, ab sofort alles anders zu machen. Etwas wie das, was sich da im fein säuberlich zusammengefalteten Stanniolpapier befand, hatte ihm in den vergangenen Jahren so viele schöne Augenblicke verliehen und alles so unproblematisch erscheinen lassen. Er war immer gut drauf gewesen; das stellten oft auch andere fest, wenn sie mit ihm zusammen waren. Da waren die größten Probleme zu Nichtigkeiten geworden, da hatte er plötzlich Mut gehabt, Dinge zu tun, die er sich sonst nicht zutraute. Er hatte auf Menschen zugehen, mit ihnen sprechen, sie beeinflussen oder mit ihnen streiten können.

Aber er erkannte sich nicht wieder, wenn er von einem auf den anderen Moment bereit war, Gewalt gegen sie anzuwenden, ohne dabei etwas zu empfinden. Er war durch dieses weiße Pulver nicht selten zu einem anderen Menschen geworden. Mit großer Brutalität war er dann gegen seine Mitmenschen vorgegangen. Und alles nur, weil er doch irgendwie zu Geld hatte kommen müssen, um sich dieses weiße Pulver zu verschaffen, mit dem sich Träume und Wünsche, Hoffnungen und schöne Gefühle verbunden hatten.

Natürlich hatte ihm die alte Dame leid getan, der er kurz nach Verlassen der Bank ihre Handtasche entrissen und 2000 Euro geraubt hatte. Er war gelassen geblieben, als er am nächsten Morgen in der Zeitung gelesen hatte, die Frau sei bei diesem Überfall so unglücklich gestürzt, dass sie mit einer komplizierten Schädelfraktur im Krankenhaus lag und um ihr Leben kämpfte.

Es hatte ihn auch kalt gelassen, als er vor einigen Wochen einen Supermarkt überfallen hatte und eine Kassiererin bedroht hatte, die anschließend mit einem schweren Schock ins Krankenhaus eingeliefert werden musste. Ihm war nicht mehr in Erinnerung geblieben, dass er sie mit einem Messer attackiert hatte, weil sie sich geweigert hatte, ihm den Kasseninhalt auszuhändigen.

Und genauso hatte er darüber nachgedacht, als er vor einigen Wochen mit gefälschten Unterschriften einen größeren Geldbetrag von einem fremden Konto abgehoben hatte. Die Bankangestellte hatte sich von seinem seriösen Auftreten täuschen lassen, hatte nicht gemerkt, wie er zitterte, als sie ihm die Geldscheine auf dem Tresen vorgezählt hatte.

Aber wie hätte er denn anders an den so begehrten Stoff herankommen sollen, wie hätte er dafür sorgen können, dass er auf dieses Schöne nicht verzichten musste? Und wie hätte er seinem Dealer erklären können, dass er clean werden wollte, sich von diesem Leben mit Drogen und Straftaten, von den vielen Lügen und der Gewalt verabschieden wollte? Schließlich wusste er, dass man ihm auf den Fersen war. Er wusste, man würde ihn irgendwann entdecken, und alles würde ein Ende haben.

Mit dieser Angst war er auch heute Morgen wieder aufgewacht. Sie verfolgte ihn immer öfter, und er versuchte, sie zu ignorieren. Einen Augenblick überlegte er, wie er in Zukunft den Tag ohne dieses weiße Pulver erleben und überleben sollte. Würde es ihm möglich sein, ein anderes Leben zu führen, ein Leben mit Freunden, die ihm vertrauen konnten und denen er vertraute? Würde er es schaffen, einem geregelten Leben nachzugehen, vielleicht sogar mit einer Familie?

Plötzlich fielen ihm die Worte seines Dealers ein:

»Es gibt halt die da oben und die da unten! Und du musst dich damit abfinden, dass du zu denen da unten gehörst. Für immer!«

Dieser Satz hatte ihm jede Hoffnung genommen. Von da an war er einer von da unten gewesen! An diesem Tage war Carl, sein Dealer, sehr nett zu ihm gewesen; er hatte für den Stoff nichts bezahlt.

Es war ihm ohnehin nicht besonders gut gegangen, weder finanziell noch sonst. Die ganze Welt schien sich gegen ihn gerichtet zu haben. Er hatte das Gefühl gehabt, nirgendwo mehr dazuzugehören, ausgeschlossen und isoliert zu sein.

Kaum jemand hatte sich ja für ihn interessiert, für das was er tat, was er fühlte und was er am meisten vermisste. Niemand hatte sich doch ernsthaft dafür interessiert, wie es ihm ergangen war, als ihn seine Frau wegen eines anderen Mannes verlassen hatte. Von heut auf morgen, weil sie von ihm ein Kind erwartet hatte - und das hatte sie ihm fast beiläufig eines Morgens am Frühstückstisch eröffnet.

Für ihn war eine Welt zusammengebrochen, eine Welt, in der er sich bis zu diesem Tag einigermaßen wohl gefühlt hatte. Versorgt und geliebt, gebraucht und stets willkommen. Eben bis zu diesem Tag. Und der hatte sein Leben grundlegend und nachhaltig verändert. Negativ verändert.

Er dachte an diesem Morgen darüber nach, wie er es nur anstellen könnte, in Zukunft ein besseres Leben zu führen.

Als er den Vorrat dieses weißen Pulvers sah, war ihm klar, dass er es nicht einfach so wegwerfen würde. Schließlich hatte er es in den vergangenen Wochen unter schwierigsten Bedingungen besorgt. Er war dem ständigen Risiko ausgesetzt gewesen, von der Drogenfahndung erwischt zu werden. Es hatte für ihn permanenten Stress bedeutet. Und nun sollte er so wahnsinnig sein, dreihundert Gramm von diesem begehrten Pulver durch die Toilette hinunterzuspülen? Niemals! Niemals würde er das fertig bringen!

Vorsichtig nahm er sich eine Portion, zündete eine Kerze an und begann diesen Glücksbringer für eine Injektion vorzubreiten. Seine Hände zitterten, und sein Herz schlug schneller, als er eine sterile Kanüle auspackte. Sein Dealer hatte ihm wieder einmal einen absolut reinen Stoff zugesichert.

»Nur von bester Qualität, versteht sich«, waren seine Worte gewesen, als er die Ware entgegengenommen hatte. Wenigstens auf ihn konnte er sich hundertprozentig verlassen.

Aber heute soll es das letzte Mal sein, dass ich dieses verdammte Zeug nehme, dachte er.

Er spürte diese wohlige Wärme, die allmählich seinen gesamten Körper erfasste. Wenige Augenblicke später rang er nach Luft und hatte plötzlich kein Gefühl mehr in den Beinen. Nach einem verzweifelten Todeskampf brach er neben dem Telefon zusammen.

Der unreine weiße Glücksbringer hatte an diesem Morgen das 25. Drogenopfer dieses Jahres in seiner Stadt gefordert.

Teil 2

Drei ist eine(r) zu viel

Die Frau auf der Bank

Sie saß nun schon seit mehr als einer Stunde auf dieser Bank. Weit und breit war niemand zu sehen, der sie in ihren Gedanken hätte stören können. Ihr Blick richtete sich minutenlang auf den frisch gemähten Rasen. Sie genoss die Nachmittagsluft an diesem Spätherbsttag.

Die Frau spürte deutlich, wie sich in ihr die Anspannung der letzten Stunden löste. Und sie fühlte sich erleichtert.

Endlich hatte sie den Mut, einen Blick in die Richtung der Stadt zu wagen. Ihr Zuhause lag in sicherer Entfernung. Dort, wo sie sich jetzt befand, brauchte sie vor niemandem mehr Angst zu haben, vor keiner Enttäuschung, keinen Zweifeln und Ängsten. Sie glaubte an diesem Ort ihre Ruhe finden und sich entspannen zu können. Und das gelang ihr dann auch.

Sie merkte, dass es ihr zunächst widerstrebte, sich daran zu erinnern, wie sie vor fast drei Jahren ihren Sven kennen gelernt und sich in ihn verliebt hatte. Er war ihr Traummann gewesen, und sie hatte ihren Freundinnen und Bekannten bei jeder Gelegenheit von ihm vorgeschwärmt. Sie hatten sich vom ersten Augenblick an verstanden. Ja, sie hatten oft die gleichen Worte gewählt, fühlten sich seelenverwandt und hatten nicht selten dieselben Gedanken und Ideen. Er war für sie wie ein Sechser im Lotto gewesen. Und wie oft kommt so etwas im Leben schon vor? Sie hatten sich blind vertraut.

Sehr lange Zeit hatte sie sich nach einem solchen Glücksgefühl gesehnt gehabt. Unzählige Male hatte sie diese Sehnsucht in sich gespürt. Sie hatte unbedingt diese Schwerelosigkeit mit den vielen Schmetterlingen im Bauch erleben wollen, ohne einen Gedanken daran, wie vergänglich das Glück doch sein kann.

Und dann kam jener 15. Juni 2000. Es war der Tag, an dem sich ihr Leben grundlegend ändern sollte. Später hatten sie sich dieses Datum sogar in ihre Freundschaftsringe eingravieren lassen.

Sie hatte geglaubt, endlich am Ziel ihrer Träume und Wünsche angekommen zu sein, und sie hatte sich wie der glücklichste Mensch auf der Welt gefühlt.

Sie erinnerte sich an die gemeinsamen Urlaube und auch an die langen Spaziergänge am Strand. Sie hatten Pläne für ihre Zukunft geschmiedet, eine Zukunft mit ihrem Sven.

Aber vor einigen Tagen war das Unfassbare geschehen. Etwas, was ihr von dem einen auf den anderen Moment alles genommen hatte, was ihr so lieb war und einzigartig erschien.

Zuerst war es für Sekunden ein undefinierbares Geräusch, etwas Fremdes, was sie nicht näher beschreiben konnte. Es wurde für kurze Zeit intensiver und hörte dann plötzlich auf.

Ihr war sehr schnell klar geworden, was sich nur wenige Meter entfernt in ihrem gemeinsamen Schlafzimmer ereignete. Es war unglaublich, und es gehörte einfach nicht in ihr Leben. Sie verdrängte es und wollte es unter keinen Umständen an sich heranlassen. Es war unvorstellbar und es erschien ihr so, als würde sie jeden Augenblick den Verstand verlieren.

Nein, das hatte sie ihrem Sven nicht zugetraut. Alles, aber das nicht!

Aber warum hatte er ihr das nur angetan? War er vielleicht doch nicht so glücklich mit ihr gewesen wie er es immer behauptete? Wer war dieser Sven, den sie bisher erlebt hatte? Mit wem hatte sie so ausgelassen herumgealbert? Wer war dieser Mann an ihrer Seite nun wirklich gewesen? Und warum hatte er es nicht fertig gebracht, ihr das zu sagen?

Wie hatte er sie nur so zärtlich lieben und verwöhnen, und ihr dennoch etwas so Gemeines antun können?

Sie konnte die Gedanken daran einfach nicht verdrängen und stellte resigniert fest, wie sie sich mit diesen Fragen doch nur im Kreise drehte.

Schließlich lehnte sie sich zurück und ließ den Blick auf sich wirken, den die Stadt ihr bot. Es war die Stadt, die ihr seit vielen Jahren das Gefühl von Heimat und Verbundenheit, von Schutz und Geborgenheit gegeben hatte.

Sie begann zu lächeln und spürte gleichzeitig eine gewisse Beklommenheit; sie musste tief durchatmen.

Nein, sie hatte nichts Unrechtes getan. Alles was in den vergangenen Stunden geschehen war, war richtig gewesen. Etwas anderes kam für sie einfach nicht in Frage. Sie redete es sich immer wieder ein.

Noch gegen zwölf Uhr hatten sie gemeinsam zu Mittag gegessen. Sie hatte ihrem Sven sein Lieblingsgericht gekocht. Naiv war sie gewesen, dass sie geglaubt hatte, das würde ihn vielleicht umstimmen, ihn von seinem Entschluss abbringen. Vergeblich!

Was blieb ihr da anderes übrig? Was hätte sie noch tun können, um ihn wieder für sich zu gewinnen? Schließlich reichte sie ihm mit unsicheren Händen ein Dessert...

Sie hatte die Wohnung erst verlassen, nachdem er aufgehört hatte zu atmen. Verzweifelt hatte er minutenlang um sein Leben gekämpft, sie um Hilfe angefleht, bis er für immer verstummt war.

Er hatte im Todeskampf noch versucht, sie zu erreichen. Sie war aber in dem Moment vor ihm zurückgewichen, als er sicher gewesen war, sie greifen zu können. Er hatte es nicht geschafft, sich an ihr festzuhalten.

Sie hatten die Rollen getauscht. Gestern war er in dieser Weise vor ihr zurückgewichen, als sie ihn ein letztes Mal verzweifelt darum gebeten hatte, sie nicht wegen eines Mannes zu verlassen, in den er sich verliebt hatte.

Sie war davon felsenfest überzeugt, dass sie das einzig Richtige getan hatte.

Die Frau lehnte sich entspannt zurück, schloss ihre Augen und begann ihre neue Freiheit zu genießen. Sie bemerkte dabei nicht einmal, wie sich ihr drei Polizisten näherten.

Absprung

»Geben Sie mir Ihre Hand! Bitte geben Sie mir Ihre Hand!«

»Nein! Warum sollte ich Ihnen meine Hand geben? Warum ausgerechnet Ihnen, wenn mich noch nie jemand nach meiner Hand gefragt hat?«

»Was Sie sich da vorgenommen haben, wollen Sie doch nicht wirklich! Überlegen Sie noch mal!«

»Ich habe aufgehört zu überlegen, mir über irgend etwas Gedanken zu machen. Ich habe damit schon lange aufgehört. Alles was ich zu sagen hatte, habe ich gesagt. Alles, was ich zu regeln hatte, habe ich erledigt.«

»Interessiert es Sie denn gar nicht, was Ihre Freunde und Angehörigen von Ihnen noch erwarten, worauf sie sich mit Ihnen freuen, was Sie Ihnen mitzuteilen haben oder Ihnen wünschen? Was hat Sie denn nur dazu gebracht, diesen Entschluss zu fassen? Was um Himmels Willen hat dazu geführt, dass wir unter solchen Bedingungen miteinander sprechen müssen?«

»Es ist unwichtig. Es ist nicht mehr relevant, darüber nachzudenken. Und ich glaube nicht, dass Sie es wirklich interessiert.«

Aus dem Gesicht des Mannes blicken zwei starre Augen. Sie haften an etwas. Und sie lassen sich nicht einen Moment lang von dem blauen Licht der Rettungsfahrzeuge irritieren, das mit konstanter Frequenz über sein maskenhaftes Gesicht hinweg huscht. Seine Hände umklammern das kalte Aluminium der Dachkante. Und er spürt nicht einmal mehr seine Beine. Sie scheinen abgestorben zu sein.

Wie lange sitzt er nun schon dort, an jenem Ort, den er sich in den vergangenen Wochen so sorgfältig ausgesucht hatte? Sind es zwei oder drei Stunden? Er weiß es nicht. Für die Zeit hat er keinerlei Gefühl mehr. Sie spielt keine Rolle mehr. Die Zeit hat in seinem Leben ihre Bedeutung verloren. Sie ist sinnlos geworden.

»Bitte geben Sie mir Ihre Hand! Bitte!«

»Nein, das werde ich nicht tun!«

Die Polizistin streckt dem Mann ihre Hand entgegen. Sie drängt sie ihm geradezu auf. Und sie hofft darauf, ihn von seinem Vorhaben abbringen zu können. Doch er schaut nicht einmal in ihre Richtung. Er ahnt nur, dass sich jemand in seiner unmittelbaren Nähe befindet und sich ihm offenbar vorsichtig nähert.

»Lassen Sie uns doch wie erwachsene Menschen miteinander reden. Was ist mit Ihnen? Wollen Sie es mir denn nicht sagen, und sich mir anvertrauen? Ich höre Ihnen zu.«

Der Mann schweigt. Er beginnt zu überlegen, über etwas nachzudenken, kombiniert die Polizistin. Irgendetwas bringt ihn zum Nachdenken.

Sie merkt, wie ihre Hand zu zittern beginnt. Sie weiß, dass es Erfahrung und enormes Geschick erfordert, mit jemandem zu kommunizieren, der dem Tode näher steht als dem Leben.

Nach und nach fällt es ihr wieder ein, wie sie sich in Momenten wie diesen zu verhalten hat. Ihr ist klar, dass es Verzweiflung und Selbstaufgabe sind, Resignation und Lebensüberdruss, die Menschen zu solchen Kurzschlusstaten bewegen.

Die Polizistin hatte den Umgang mit solchen Menschen immer und immer wieder während ihrer Ausbildung trainiert und insgeheim gehofft, nie in eine derartige Situation zu geraten.

Vorsichtig wagt sie einen Schritt in Richtung des Mannes, der für einen kurzen Augenblick zu ihr schaut. Dann richtet er seinen Blick wieder sehr entschieden nach vorn. Anscheinend fixiert er das gegenüberliegende Gebäude. Es kümmert ihn nicht weiter, was mehr als dreißig Meter unter ihm geschieht.

»Wollen Sie mir nicht etwas darüber erzählen, warum Sie so heftig reagieren? Warum wollen Sie sich in die Tiefe stürzen, und dadurch Ihr Leben beenden? Warum um Himmels Willen wollen Sie das tun?«

Der Mann beugt seinen Oberkörper ganz langsam nach vorn.

»Nein! Bitte nicht! Bitte tun Sie das nicht!«

Der Polizistin stockt für einige Momente der Atem. Sie verharrt kaum mehr als zwei Meter von dem Mann entfernt und bemerkt dabei, dass er am ganzen Körper leicht zittert. Sie vermutet, dass das kalte Metall, auf dem er die ganze Zeit sitzt, bereits zu einer Unterkühlung geführt hat.

»Sie wollen doch gar nicht springen! Sonst hätten Sie es schon längst getan.«

Die Beamtin beabsichtigt, den Mann bewusst zu provozieren. Sie will ihn unter allen Umständen aus der Reserve locken, denn sie hat den Eindruck, er könnte durchaus noch von seinem Vorhaben abzubringen sein. Er scheint beeinflussbar zu sein. Und sie weiß aber auch um das Risiko, das sie eingeht, wenn sie ihn zu sehr herausfordert. Sie überlegt, was diesen Mann dazu bringt, sein Leben zu riskieren. Und noch dazu ein so junges Leben.

»Waren Sie schon einmal Geliebte? Waren Sie schon einmal in einen verheirateten Mann verliebt, der sie immer wieder vertröstete und warten ließ? Haben Sie so etwas schon einmal erlebt?«

Die Polizistin ist überrascht, wie klar und deutlich der Mann sie anspricht. Sie ist weniger von dem überrascht, was er sagt, als davon, wie er es zu ihr sagt. Sie überlegt einen Augenblick lang und versucht, sich in die Situation einer Geliebten hinein zu versetzen. Sie ist überrascht, wie schwer ihr das fällt. Sie denkt einige Augenblicke darüber nach, wie es wohl sein mag, diese Rolle in einer Beziehung einzunehmen, und was es bedeutet, die Andere zu sein. Die, die immer wartet, hofft, und sicherlich auch zunehmend darunter leidet.

»Nein, so etwas habe ich noch nicht erlebt. Warum fragen Sie danach?«

»Ich bin seit drei Jahren der Geliebte einer sehr attraktiven Frau. Ich liebe diese Frau über alles und ich weiß, dass wir für einander bestimmt sind. Da hat einfach kein anderer mehr Platz in dieser ohnehin so schwierigen Beziehung. Verstehen Sie?«

»Ist das etwa der Grund, warum Sie jetzt hier sind und sich das Leben nehmen wollen? Wegen einer Frau, die Sie über alles lieben?«

Der Mann schweigt.

Entweder kann oder will er nicht mehr weiter reden. Die Polizistin hat den Eindruck, dass ihn irgendetwas sprachlos werden lässt. Aber was ist es, was ihn plötzlich verstummen lässt? Sie erkennt, dass der Mann den Tränen nahe ist. Etwas muss ihn sehr verletzt haben. Und zum ersten Mal empfindet sie für diesen verzweifelten und ohne jede Hoffnung dasitzenden Mann so etwas wie Mitleid.

Sie nimmt Anteil an seiner Situation und spürt gleichzeitig auch Wut und Ärger auf diejenigen, die anderen derartiges antun. Die Polizistin ist eindeutig auf der Seite des Mannes, obwohl sie eine Frau ist.

»Es ist so brutal, so unfair und gewissenlos, jemanden über so lange Zeit zu vertrösten, einen hinzuhalten. Immer wieder mit neuer Hoffnung auf eine gemeinsame Zukunft zu vertrösten. Es tut weh, wenn man einen Menschen so ausschließlich liebt und ihn dennoch mit jemand anderem teilen muss.«

»Haben Sie denn mit Ihrer Freundin schon einmal darüber gesprochen? Weiß sie eigentlich, dass Sie unter dieser Situation leiden?«

Der Mann schweigt erneut und beginnt zu weinen. Nun sind die Worte den Tränen gewichen. Die Emotionen haben sich ihren Weg nach außen gebahnt.

Für einen kurzen Augenblick sieht es so aus, als ob er das Gleichgewicht verliert. Die Polizistin merkt, dass sich die Situation zuspitzt und zunehmend außer Kontrolle gerät.

Einen derartigen Einsatz hat sie bisher noch nicht erlebt. So dicht an einem Menschen zu sein, der mit seinem Leben praktisch abgeschlossen hat, geht ihr sehr nah. Sie möchte unter keinen Umständen, dass es zu Ende geht.

»Meine Freundin will ihren Ehemann nicht verlassen. Verstehen Sie? Sie will bei ihm bleiben, obwohl wir uns lieben. Sie will ihn nicht verlassen, obwohl sie sich ein Leben ohne mich nicht mehr vorstellen kann. Das beteuert sie immer wieder. Es ist alles so aussichtslos!«

In diesen Momenten kommt aus ihm die ganze Verzweiflung heraus.

Der Mann ist wohl ein sehr sensibler und gefühlsbetonter Liebhaber, denkt die Polizistin. Welche Belastung muss jemand aushalten, der so liebt und seinen Partner dennoch nicht für sich allein haben kann? Was geschieht mit den Gefühlen eines Menschen, dem so etwas widerfährt? Denn stets ist da jemand, mit dem man einen Menschen teilen muss, den man in sein Herz geschlossen hat. Ein Konkurrent, der nicht aufhört um eine große Liebe zu kämpfen oder eine Rivalin, die ihren Liebsten nicht gehen lassen will.

Die Polizistin begreift allmählich, was für Belastungen dieser Mann auszuhalten hat. Er muss sich seiner

Gefühle und seiner Liebe zu dieser Frau betrogen und in seinen ehrlichen und aufrichtigen Absichten ständig hingehalten fühlen.

Aber was muss das auch für eine Frau sein, die sich für zwei Männer gleichzeitig entscheidet? Was ist das für eine Frau, die einen Mann in eine so tiefe und erschütternde Lebenskrise stürzt?

Die Polizistin kann es nicht nachvollziehen. Sie begreift es einfach nicht, wie es möglich ist, in solch einer Beziehung zu leben oder sie überhaupt auszuhalten.

Sie überlegt unter Hochdruck, wie sie diesen Mann davon abbringen könnte, sich das Leben zu nehmen, seinen furchtbaren Entschluss in die Tat umzusetzen.

»Geben Sie denn da nicht zu früh auf? Haben Sie sich da vielleicht in etwas verrannt, was Sie eventuell nicht ganz zu Ende gedacht haben? Kämpfen Sie um diese Frau! Sagen und schreiben Sie ihr, wie sehr Sie sie lieben. Aber auch wie sehr Sie darunter leiden, weil Sie sie nicht für sich allein haben können und sie sich nicht für Sie entscheidet. Zwingen Sie ihre Freundin zu einer eindeutigen Entscheidung. Egal, wie es für Sie ausgehen mag. Aber kämpfen Sie und geben Sie nicht auf! Machen Sie sie immer wieder auf Ihre angespannte Situation aufmerksam, mit allen legalen Mitteln, die Ihnen zur Verfügung stehen. Ich bin mir ziemlich sicher, dass Sie ihre Liebste dadurch für sich gewinnen werden. Aber bitte kommen Sie wieder zurück! Verlassen Sie diesen Ort hier und verbannen Sie die Gedanken, die Sie in diesen Momenten so quälen.

Was Sie da vorhaben, ist keine Lösung. Glauben Sie es mir! Sie werden genügend Hilfe bekommen, um in Zukunft glücklicher leben zu können. Und wenn ich mich persönlich dafür einsetze. Nehmen Sie mich beim Wort!«

Der Mann weint unaufhörlich. Wieder beugt er sich nach vorn, und droht jeden Moment von der Dachkante zu rutschen und in die Tiefe zu stürzen.

Wie heftig müssen die seelischen Verletzungen in ihm sein, wenn er so unglücklich und enttäuscht ist über seine Liebe zu dieser Frau und als einzigen Ausweg den Freitod in Betracht zieht?

Wie lange ist er wohl schon in diesem Zustand der Hoffnungen und Versprechungen gefangen? Und das allein deswegen, weil er davon fest überzeugt ist, ausschließlich diese und keine andere Frau in seinem Leben mehr lieben zu können.

Wie oft muss er schon gekränkt und gedemütigt worden sein, wenn er so reagiert? Wer ist dieser Mann wirklich, den sie vor einer solchen Kurzschlusstat bewahren möchte?

Die Polizistin kann nicht aufhören darüber nachzudenken. Es bleibt ihr viel zu wenig Zeit, um auf diese Fragen auch Antworten zu finden.

»Möchten Sie vielleicht, dass sich Ihre Freundin mit Ihnen unterhält? Ich kann sie bitten, hierher zu Ihnen zu kommen, wenn Sie damit einverstanden sind.«

»Meine Freundin ist nicht zu erreichen. Sie ist mit ihrem Ehemann in den Urlaub gefahren. Ja, sie verbringen gemeinsam Urlaub. Es tut weh, sich vorzustellen, dass meine große Liebe mit einem anderen die schönste Zeit im Jahr verbringt.«

»Ich kann verstehen, wie sehr Sie das alles verletzt und wie gekränkt Sie sind. Ich kann Sie wirklich verstehen, glauben Sie mir!«

»Sagen Sie meiner Freundin, dass ich sie über alles liebe und das es keine andere Frau mehr für mich geben wird. Sagen sie ihr das ...«

Wenige Augenblicke später hält sich der Mann die Hände vor sein Gesicht und beugt sich plötzlich nach vorn.

Die Polizistin hatte keine Chance, dagegen etwas zu unternehmen.

Mathias W. hatte seit mehr als drei Jahren in einer so genannten Geliebten-Beziehung gelebt.

Er wurde nur 32 Jahre alt.

Verrat

(von Maja Langsdorff)

Du vertraust mir?
Ich vertraue dir!
Vertrauen ist gut, Kontrolle ist besser...
Warum sagst du so was?
Vertraust du mir blind?
Was soll das? Was ist das für ein merkwürdiges Spiel?
Es ist kein Spiel. Ich frage dich etwas: Vertraust du mir blind?
Ich dachte, wir vertrauen uns gegenseitig. Hast du einen Grund für die Frage?
Ich bekomme keine Antwort von dir!
Natürlich vertraue ich dir! Was denkst du denn?
Hast du jemals daran gedacht, ich könnte dich hintergehen? Misstraust du mir?
Was ist los? Was heißt hier hintergehen? Hast du jemand anderen kennen gelernt?
Schon wieder hast du eine Frage von mir nicht beantwortet. Hast du jemals daran gedacht, ich könnte dich hintergehen?
Ich verstehe nicht, was diese seltsame Fragerei soll. Bin ich hier in einem Verhör, oder worauf willst du hinaus?
Ich möchte einfach nur klare Antworten von dir haben, ist das zu viel verlangt?
Sag mal, kommt jetzt eine Beichte, oder was gibt das? Machen wir hier ein Frage-Antwort-Spiel?

Also, ich versuche es direkter: Hast du schon mal daran gedacht, mich zu kontrollieren?

Kontrollieren? Ich glaube, ich verstehe dich nicht.

Na ja, wenn man einen Verdacht hat oder Zweifel, dann denkt man nach. Und dann kommt man auf Ideen. Man entwickelt Fantasie. Man überlegt sich, ob man den anderen kennt, ob er wirklich zu seinem Wort steht. Und vielleicht möchte man das überprüfen.

Was überprüfen?

Die Ehrlichkeit des anderen. Die Frage, ob man zu Recht vertraut.

Nun rück aber endlich heraus. Was hast du gemacht? Wen hast du kennen gelernt? Kenne ich ihn? Was ist zwischen euch? Weißt du eigentlich, was du mir damit antust? Seit wann hast du jemand anderen?

Wer sagt, dass ich einen anderen habe?

Also wirklich, das hast du doch eben gesagt!

Nein, ich habe dich gefragt, ob du dir schon mal überlegt hast, mich zu kontrollieren.

Da sagst du es: Da ist etwas!

Warum beantwortest du eigentlich nie meine Fragen? Hast du es dir schon mal überlegt, ja oder nein?

So ein Blödsinn. Natürlich nicht. Ich hatte ja bis jetzt keinen Anlass dazu, aber jetzt...

...jetzt überlegst du dir, mich zu kontrollieren?

Weißt du was, mir geht dieser Dialog erbärmlich auf die Nerven. Entweder rückst du jetzt raus mit dem, was ist. Oder ich geh ein Bier trinken.

Würdest du mich kontrollieren???

Nein, verdammt noch mal!

Also nicht? Hm, dann habe ich mich geirrt. Wie verschieden wir doch sind. Ich hätte es nicht gedacht.

Was hättest du nicht gedacht?

Dass wir so unterschiedlich sind.

Verstehe ich nicht. Was hat das damit zu tun?

Ja, Kontrolle ist besser.

Was, wie, was hat das mit Kontrolle zu tun? Kontrolle? Sag mal, schleichst du mir nach? Das ist doch wohl nicht dein Ernst?

Ich verstehe, du bist heute nicht sehr ausgeglichen.

Du kannst mir doch nicht im Ernst weiß machen, dass du mir nachgehst.

Nein, wer spricht denn von nachgehen. Nachgehen. Ja, es geht dir offenbar nach.

Was geht mir nach? Menschenskind, können wir nicht mal im Klartext miteinander reden?

Du bist gestern Abend versetzt worden, und das geht dir nach. Ich kann es verstehen. Ihr habt euch so wunderbar verstanden, schon von der ersten Mail an. Irgendwie schien da die gleiche Wellenlänge zu sein.

Gestern Abend? Was war gestern Abend? Was willst du andeuten?

Oh, du hattest mir angekündigt, länger arbeiten zu müssen. Und dann kamst du mit einer Laune zum Wegwerfen nachhause. Drei Stunden früher als erwartet. Es tat mir wirklich leid für dich.

Was tat dir leid? Dass ich keine Überstunden machen musste? Und von was für einer Mail sprichst du da eigentlich? Kannst du vielleicht mal deutlicher werden? Immer diese idiotischen Andeutungen!

Du hast dich in sie verliebt. Sie war so unkompliziert. Interessierte sich für dich und fand dich faszinierend. Ist dir nicht aufgefallen: Sie hatte alle Eigenschaften und Interessen von mir. Du bist dir treu geblieben.

Wovon sprichst du? Erkläre dich!

Mich erkläre ich nicht. Ich erkläre es dir. Du bist dir treu geblieben, auch wenn du mich betrogen hast. Du wolltest sie gestern treffen.

Ich verstehe nicht. Woher weißt du...

Woher ich weiß, dass du dich verabredet hast? Ja, ich weiß noch mehr: Sie hat dich versetzt gestern. Ich habe dich gesehen. Du hast an dem kleinen Bistrotisch gesessen und warst unruhig, unglücklich, verlassen.

Woher wusstest du...?

Du warst nicht allein. Du warst nie allein. Wie lange schon habe ich mich nach den Anfangszeiten unserer Liebe zurückgesehnt, habe mich an deine liebevollen Briefe erinnert, mir dein Vertrauen gewünscht. Du hast mir täglich gesagt, wie sehr du mich liebst. Und doch hast du nie aufgehört, an mir zu zweifeln. Ich war immer offen, warum diese absurden Zweifel? Neigt man dazu, von sich auf andere zu schließen?

Welche Hoffnungen magst du in diese fremde Gestalt im Internet gesetzt haben? Ich habe dich gestern in deiner Enttäuschung sitzen sehen.

Nein, du bist gestern Abend nicht versetzt worden, es gab sie nie.

Ja, du bist gestern Abend versetzt worden. Für dich existierte sie.

Sie hat dich verlassen, bevor sie real geworden ist. Du hast eine Perspektive verloren. Und das geht dir nach. Ich kann es noch immer verstehen.

Wir haben uns so wunderbar verstanden, schon von der ersten Mail an. Irgendwie hatten wir die gleiche Wellenlänge.

Ach ja, ich dachte, du kennst dich als Programmierer mit den Möglichkeiten im Internet aus? Es ist so leicht, sich eine Fantasieadresse zuzulegen, sich eine virtuelle Identität zu verschaffen. Wusstest du das nicht?

Eifersucht

Warum tust du mir so etwas an? Warum um Himmels willen tust du mir so etwas Entsetzliches nur an?

Ich habe dir vertraut. Nicht einen Augenblick lang habe ich an uns gezweifelt. Ich bin dir stets treu geblieben und habe im Laufe der Zeit ungemein viel auf mich genommen, damit wir miteinander glücklich sein können.

Hast du nie daran gedacht, dass ich das alles für uns beide getan habe, für unsere gemeinsame Zukunft? Und hast du etwa vergessen, wie oft ich dir meine Hilfe angeboten habe, wie viel wir miteinander geredet haben und wie oft du dein Herz bei mir ausschütten durftest?

Hast du tatsächlich die zahllosen Telefonate vergessen, in denen ich dir immer wieder Mut gemacht habe, weil du verzweifelt warst und nicht mehr weiter wusstest? War und ist das nicht ein Beweis dafür, wie sehr mir an deinem Wohlergehen liegt und wie ernsthaft ich daran interessiert bin, dass es dir mit mir gut geht?

Mehr kann ich dir nicht geben, und stärker kann ich dich nicht spüren lassen, dass ich immer für dich da bin, weil ich dich so liebe, mein Schatz. Ja, ich habe dich von Anfang an ehrlich und aufrichtig geliebt.

Aber dennoch misstraust du mir. Du hinterfragst alles und fängst sogar an, mich heimlich zu kontrollieren. Was ist nur mit dir los?

Was lässt dich so denken und konfus handeln? Ich werde diesen Zustand nicht mehr lange aushalten, weil ich das nervlich nicht verkraften kann. Ich hätte nie gedacht, dass du mich jemals so enttäuschen würdest.

Dein Verhalten beeinflusst mich derart, dass ich mich nicht mehr spontan zu Verabredungen entscheiden kann. Ständig laufe ich Gefahr, dass du dabei hohl drehst und dir Dinge ausdenkst, die völlig absurd sind. Immer muss ich mir überlegen, wie ich dir nur klar machen kann, dass ich auch mal mit anderen Menschen zusammensein möchte, sie treffen, mit ihnen reden, diskutieren und unbeschwert einen Abend in gemütlicher Atmosphäre erleben möchte.

Bei solchen Anlässen kommst du mir vor wie ein kleiner Junge, der nach seinem roten Ball schreit, den er unbedingt haben möchte. Dann bist du der Zu-Kurz-Gekommene, der Vernachlässigte und derjenige, der mit allen Mitteln versucht, einen liebgewonnenen Menschen auch noch zu verletzen. Du schreist nach Aufmerksamkeit, Nähe und Zuwendung, nach Liebe und Geborgenheit und fängst in letzter Zeit auch noch an herumzutoben und wild um dich zu schlagen. Und das alles, weil du dich zurückgewiesen und nicht mehr wert fühlst, weil ich mit dir nicht noch mehr Zeit verbringen kann.

Dabei vergisst du offensichtlich, dass du von mir mehr bekommst, als alle anderen, die ich kenne und auf ganz andere Weise lieb habe als dich. Erinnere dich bitte an den Ausspruch von mir, dass ein Mensch dem anderen nicht alles sein kann.

Ich brauche jemanden, mit dem ich mich austauschen kann und mit dem ich etwas erlebe, weil ich dir anschließend auch darüber etwas erzählen möchte. Und ich brauche jemanden, der mir seine Eindrücke, Erlebnisse und Begebenheiten schildert, die mich begeistern und an denen ich interessiert bin. Und schließlich brauche ich jemanden, mit dem ich sehr vertraut und intim sein kann. So, wie wir beide es sind, weil wir uns füreinander entschieden haben und uns lieben. Ich erlebe es mit dir, mein lieber Schatz, ausschließlich mit dir. Und ich möchte darauf nicht verzichten.

Aber wann begreifst du endlich, dass Menschen auch andere Menschen brauchen, um sich wohl zu fühlen? Du machst den großen Denkfehler, dass du mir implizit Untreue unterstellst, wenn ich mich jemand anderem zuwende. Damit gibst du mir zu verstehen, dass du zu mir keinerlei Vertrauen hast. Das macht mich sehr traurig und gibt mir das Gefühl, etwas Unrechtes zu tun. Es bedeutet aber auch, dass du dir selbst nicht vertraust.

Ich kann und will nicht alles ausschließlich mit dir erleben. Begreife das doch endlich! Versetze dich einmal in meine Situation, wenn du dich mir gegenüber so verhältst. Ist dir eigentlich klar, dass du durch dein Verhalten permanent versuchst, mich zu bremsen, zu blockieren und mich letztlich in einen goldenen Käfig sperren willst, nur damit du das Gefühl hast, mich für dich ganz allein zu haben? Ich bin dabei, mich dagegen entschieden zu wehren, denn du willst mich besitzen. Aber ich gehöre niemandem. Ich gehöre nur mir selbst.

Mein lieber Schatz, du bist dir deiner nicht sicher, und deshalb bist du anderen gegenüber stets misstrauisch. Du unterstellst mir Dinge, die unbegründet, nicht zutreffend und obendrein auch noch verletzend sind. Das tut mir oftmals sehr weh und gibt mir zunehmend das Gefühl, dass zwischen uns beiden etwas Wunderbares zu Ende geht: Unsere Liebe!

Aber nicht genug damit, dass du nicht loslassen kannst und mich einfach mal das tun lässt, wonach mir ist. Nein, du beschuldigst mich auch noch der fortgesetzten Untreue, gibst mir eindeutig zu verstehen, dass deine absurden Fantasien in diesen Momenten Realität seien. Ich werde in Zukunft nicht mehr darauf eingehen, weil es einfach sinnlos ist, dich vom Gegenteil zu überzeugen.

Es ist für mich nicht nachzuvollziehen, was in dir vorgeht, und es ist nicht zu begreifen, was sich in einem Menschen abspielt, der so kompliziert denkt und fühlt. Ich versuche mich nicht in deine Gedankenwelt hineinzuversetzen, weil es mir nur Angst machen würde, deinem wahren Ich zu begegnen.

Es ist keine solide Grundlage für ein friedliches, glückliches und ausgewogenes Zusammensein in einer Beziehung, in der beide Partner darauf bedacht sein sollten, ihre Freiheiten zu bewahren. Wenn man

in einer Beziehung um seine Freiheiten ständig kämpfen muss, dann stimmt etwas Entscheidendes nicht
mehr. Und das weißt du genau. Ich lasse mir meine
Freiheiten von niemandem nehmen oder einschrän-
ken. Auch von dir nicht, obwohl ich dich besonders
in mein Herz geschlossen habe und über alles liebe.

Aber sei dir bitte darüber im klaren, dass du auf
dem besten Wege bist, unsere Beziehung zu beschädi-
gen, wenn nicht sogar auf ganz subtile Weise zu zer-
stören. Deine Eifersucht ist Gift für unsere Beziehung,
das solltest du allmählich wissen.

Lass es bitte nicht so weit kommen, dass ich völlig
resigniert, entmutigt und enttäuscht aufgebe und dadurch etwas sehr Schönes von heute auf morgen zu
Ende ist.

Ich werde es zu verhindern wissen, mich von dir
kaputt machen zu lassen. Schließlich lebe ich zu gern
und zu intensiv, als dass ich mir deine Probleme zu
eigen mache und irgendwann an ihnen zugrunde gehe.

Abschied

Sie standen sich gegenüber. Wie oft hatten sie diese Momente schon erlebt? Es waren Momente voller Erwartung und Hoffnung. Aber auch voller Sorge und Leidenschaft, voller Liebe und purer Verzweiflung.

Sie schauten sich an und begannen fast gleichzeitig zu lächeln. Er berührte sie zärtlich und streichelte ihre Wangen. Er schützte sie mit seinem Körper vor den Sturmböen. Sie standen ganz nah am Fluss und schauten auf das unruhige Wasser. Die Möwen kreischten ganz aufgeregt und landeten schließlich ganz in ihrer Nähe. Als hätten sie die Verliebten beobachten wollen.

Sie schloss sinnlich ihre Augen und neigte ihren Kopf leicht zur Seite. Die beiden begannen sich zu küssen. Zuerst vorsichtig, kaum spürbar, berührten sich ihre weichen Lippen. Dann immer verlangender, wie ein aufloderndes Feuer. Ihre Körper pressten sich aneinander.

Sie konnten nicht genug von einander bekommen. Jeder wollte mehr vom anderen. Nie mehr aufhören so zu spüren, zu fühlen, zu geben. Nie mehr sich trennen müssen. Für immer dem anderen nah sein. Dem anderen gehören, vertrauen und all das geben, was sie sich so sehr wünschten: innige Liebe!

Aber wie sollte dies jemals und auf Dauer gut gehen? Schließlich lebte sie seit Jahren mit jemandem zusammen. Sie war nicht allein. Sie trug noch einen Menschen in ihrem Herzen. In ihrer Brust schlugen zwei Herzen. Eines für jeden, auf eine besondere, unvergleichbare Weise. Aber es waren zwei Herzen. Und er wusste dies nur zu genau.

Wie oft hatte er darüber schon geweint, war verzweifelt gewesen und sah einfach keinen Ausweg? Und wie oft hatte es beide geschmerzt, unter diesen Umständen eine so schöne, leidenschaftliche und intensive Liebe, eine so außergewöhnliche Beziehung zu leben? Auch in diesen Momenten war es ihnen wieder bewusst geworden.

Sie küssten und umarmten sich in einen schwerelosen Zustand hinein, um zu vergessen, um zu verdrängen, um nur füreinander da zu sein.

Sie wollten glücklich sein, so lange sie sich hatten. Diese wenigen Stunden und Tage. Wie lange hatten sie sehnsüchtig auf diese Zeit gewartet? Wie lange hatten sie sich diese Augenblicke herbeigewünscht und sogar in ihren Träumen durchlebt, als wären sie real gewesen?

Endlich konnten sie sich spüren, konnten sich so geben und zeigen, wie sie es wollten. Ausgelassen, verliebt, verrückt, nachdenklich, traurig und immer voller Hoffnung auf die Zukunft. Eine gemeinsame Zukunft.

Noch fester hielt er nun ihren zierlichen Körper mit seinen großen, sanften Händen und drückte ihn an sich. Sie war nur mit einem leichten Badeanzug bekleidet. Eine Sturmböe bewegte sie und gab ihnen für einen Moment das Gefühl, aus dem Gleichgewicht zu geraten.

Er flüsterte ihr Liebeserklärungen zu. Ihre blauen Augen begannen zu glänzen und ihre Hände fanden einen festeren Halt an seinen breiten Schultern.

Erst begannen die beiden zu lächeln, dann lachten sie. Und wie einem inneren Befehl gehorchend liefen sie plötzlich, so schnell sie konnten, auf das vom Sturm aufgepeitschte Wasser zu.

Sie schauten sich dabei nur flüchtig an. Jeder wollte als erster das Wasser erreichen. Sie riefen sich etwas zu, doch keiner verstand, was der andere meinte. Ihre Worte gingen im Sturm einfach unter.

Wie oft hatten sie sich diese Momente gewünscht, um sich im Wasser, losgelöst von der Schwere, endlich nah zu sein? Sie waren verrückt danach. Und sie waren glücklich miteinander.

Wie oft hatten sie sich dabei berührt, umarmt und geküsst? Dann spielten und tobten sie wie die Kinder. Sie kreischten, froren und ließen sich zur Entspannung für wenige Momente auf der Wasseroberfläche treiben. Sie waren nicht mehr zu bändigen und liefen erneut um die Wette, um das nahe Ufer zu erreichen.

Wie oft hatten sie dies schon miteinander erlebt? Oft, und doch zu selten. Sie hatten Lust auf dieses Leben, Lust auf den anderen und auf derartige Begegnungen. Aber sie waren auch traurig und unglücklich gewesen.

Dieses Mal jedoch war ihnen nicht danach, im Wasser zu spielen oder gar zu toben.

Sie waren in Richtung Flussmitte geschwommen, ohne sich dabei umzusehen. Gerade so, als ob sie es sehr eilig gehabt hätten. Sie wollten die Natur um sich herum spüren und mit ihr spielen. Sie wollten sie herausfordern.

Sie entfernten sich dabei immer weiter vom Ufer und schauten sich nicht einmal mehr an. Keiner von beiden merkte, dass die starke Strömung sie rascher vom Ufer wegzog, als sie es jemals vermutet hätten. Die Stelle, an der sie zuvor ins Wasser gelaufen waren, war schon längst nicht mehr zu sehen. Viel zu weit waren sie in dieser kurzen Zeit durch die starke Strömung und den Sturmböen abgetrieben worden.

Erst jetzt begriffen sie nahezu zeitgleich, was der Fluss mit ihnen getan hatte. Sie, als eine durchtrainierte und erfahrene Schwimmerin, begriff sofort, was diese Situation für beide bedeutete: Lebensgefahr!

Er konnte vor lauter Panik kein Wort mehr hervorbringen. Einen Moment lang schaute er in Richtung Ufer. Dann zu ihr herüber. Und wieder in Richtung Ufer. Er blieb sprachlos. Sie war nur wenige Meter von ihm entfernt und doch unerreichbar.

Seine Arme wurden müde. Vergeblich versuchte er, gegen die Strömung anzukämpfen.

Er begann hektisch das Wasser um sich herum beiseite zu schieben. Vergeblich. Eine Welle erreichte sein Gesicht und bedeckte es für einen kurzen Augenblick.

Er verschluckte Wasser und begann laut und nach

Luft schnappend zu husten. Seine Beine fühlten sich mittlerweile schwer und kalt an.

Das verdammte Ufer bewegte sich unaufhörlich von ihm fort, als wollte es sich ihm entziehen. Etwas in ihm sagte:

»Du bist verloren - für immer verloren!«

Seine Kräfte ließen nach. Er spürte plötzlich etwas, was nach ihm griff. Etwas, was ihn festhalten und zugleich an ihm ziehen wollte. Sie hatte es mehrmals versucht. Sie war nun ganz dicht bei ihm und wollte nicht aufgeben, um ihn zu kämpfen. Wie oft hatte sie ihm versichert:

»Wenn du jemals in Gefahr sein solltest, werde ich dich retten!« Er wusste, dass er sich immer auf sie verlassen konnte. Ihre Worte hatten ihn damals sehr berührt.

Als er für einen kurzen Augenblick untertauchte, griff sie reflexartig nach ihm. Er versuchte sich auf den Rücken zu legen. Doch es gelang ihm nicht. Er hatte einfach keine Kraft mehr. Und wieder schluckte er Wasser.

Auch sie spürte nun allmählich, wie ihre Kräfte nachließen.

»Nur nicht aufgeben«, sagte sie sich, »jetzt nur nicht aufgeben!«

Für einen Augenblick sah sie in das starre und verzweifelte Gesicht ihres Liebsten. Noch nie hatte sie es derart verzerrt und hoffnungslos erlebt. Es war traurig. Sie blickte in ein totes Gesicht, das zu einer Maske wurde. Die Augen weit aufgerissen, um Hilfe schreiend, und doch so ruhig. Seine Arme lagen nun regungslos auf der Wasseroberfläche. Es sah aus, als würde er im Wasser schweben, sich ausruhen und Entspannung suchen, von einer großen Anstrengung sich endlich zurücklehnen und keinen Widerstand mehr leisten. Nicht mehr gegen diese verdammte Strömung und die Wellen ankämpfen müssen, die nun mit seinem Körper spielten und ihn schließlich unter sich begruben.

Sie griff erneut, jedoch vergeblich, nach seinem Körper. Sie wollte seine Nähe spüren, ihm über seine weiche, nasse Haut streichen. Sie wollte ihn küssen und einfach nicht von ihm lassen. Sie brauchte ihn in diesen Momenten. Und sie fühlte sich so allein.

Sie suchte mit ihren Händen in diesem Dunkel des Wassers, tauchte schließlich nach ihm und sah, wie er sich langsam von ihr wegbewegte. Dieser Anblick war entsetzlich. Er streckte die Arme nach ihr aus, als wollte er seine Liebste ein letztes Mal berühren und noch einmal nah bei sich spüren, bevor ihn der reißende Fluss für immer verschlang.

Sie begann zu weinen und laut zu schreien. Aber er konnte sie nicht mehr hören. Er war für sie nicht mehr erreichbar. Und für einen kurzen Moment wollte sie ihm folgen. Mit ihm gehen. Ihren Liebsten auf keinen Fall allein lassen. Sie wollte ihn begleiten.

Schließlich tauchte sie auf.

Das Wasser um sie herum vermengte sich mit ihren Tränen. Immer wieder rief sie verzweifelt nach ihm. Sie wollte nicht glauben, was eben geschehen war. Nein, sie konnte ihn doch nicht einfach so gehen lassen. Das konnte sie ihm doch nicht antun. Er war ihre große Liebe.

Sie schleppte sich mit letzter Kraft an das sichere Ufer und lief wie benommen zum Strandhaus. Und als sie es aufschloss, hörte sie plötzlich eine vertraute Stimme:

»Ich werde dich nicht allein lassen. Dazu lieben wir uns doch viel zu sehr. Ich werde immer bei dir bleiben, egal was passiert.«

Ihr Liebster stand vor ihr und begann sie liebevoll zu umarmen.

Geburtstag

»Wirst du es ihm heute sagen?«

Sie hatte jeden Augenblick mit dieser Frage gerechnet. Sie wusste, dass ihre beste Freundin sie danach fragen würde.

»Warum ausgerechnet heute Abend?«

Ihre Freundin schaute sie erwartungsvoll an. Die ganze Zeit über, in der sie in der Küche beschäftigt waren, wollte sie ihr diese eine wichtige Frage stellen und nach Möglichkeit auch eine verbindliche Antwort erhalten. Schließlich kannte sie ihre Freundin schon viele Jahre.

Es gab kaum etwas, was sie voreinander verheimlichten, es nicht wagten auszusprechen. Bis auf diese einzige Frage, die nun im Raum stand und zunehmend eine gespannte Atmosphäre erzeugte.

Ihre Freundin blieb ihr eine Antwort schuldig. Stattdessen bereitete sie einen Obstsalat vor, der zu den Lieblingsgerichten ihres Freundes zählte.

Wie oft hatte sie ihn damit schon verwöhnt? Und wie oft hatte er sich an ihren Kochkünsten erfreut?

Sie gab sich an diesem Tage besondere Mühe. Es war schließlich ein ganz besonderer Tag für ihn:

Sein fünfzigster Geburtstag!

Ihre Freundin schaute sie erwartungsvoll und fragend an. Sie antwortete jedoch nicht.

»Wirst du ihm heute endlich sagen, was mit dir geschehen ist? Oder bringst du wieder nicht den Mut auf, ihn zu informieren?«

Ihre Freundin fühlte sich enorm unter Druck gesetzt. Was hatte sie in den vergangenen Wochen und Monaten alles auszuhalten gehabt. Die vielen Heimlichkeiten, die Ausreden, falsche Begründungen und den damit verbundenen Stress, dem sie dadurch permanent ausgesetzt war.

Dies alles war an ihr nicht spurlos vorübergegangen. Es ging ihr nah, spürbar nah. Und dennoch zweifelte sie nicht einen Augenblick lang daran, dass es richtig war, wie sie sich gegenüber ihrem langjährigen Freund verhielt. Sie hatte kein schlechtes Gewissen. Sie brauchte auch keines zu haben, redete sie sich immer wieder ein. Es war absolut richtig, davon war sie felsenfest überzeugt.

Sie fühlte sich zwei liebgewonnenen Menschen gegenüber in Erklärungsnot: Ihrer besten Freundin und ihrem langjährigen Freund.

»Nein, heute werde ich ihm es nicht sagen. Heute ganz gewiss nicht. Es würde ihn maßlos kränken und verletzen. Ein denkbar unpassender Augenblick, ihn an seinem Geburtstag über derartiges zu informieren.«

Ihre Freundin schien die Geduld zu verlieren.

»Aber irgendwann musst du dich dieser Situation stellen und dich verantwortlich zeigen. Denk doch mal an deinen Freund!«

»Morgen, ganz bestimmt morgen, werde ich ihm mitteilen, was mit mir geschehen ist. Ich befürchte jedoch, dass ihm meine Nachricht das Herz brechen wird. Meinst du nicht auch?«

»Warum sollte es ihm sein Herz brechen?«

»Komm, lass uns erst einmal seinen Geburtstag feiern, die meisten Gäste sind bereits eingetroffen.«

Als ihr Freund sie liebevoll umarmte, war sie entschlossener denn je, ihn davon zu unterrichten, dass sie sich vor mehr als einem halben Jahr in einen verheirateten Mann verliebt hatte und mit ihm so glücklich war, wie nie zuvor in ihrem Leben.

»Herzlichen Glückwunsch zum Geburtstag, mein Schatz, und alles Gute.«

»Aber meine Liebste, deswegen brauchst du doch nicht zu weinen.«

»Nein, deswegen brauche ich nicht zu weinen,« erwiderte sie und umarmte ihn noch fester.

Sie war die ganze Zeit über mit den Gedanken bei ihrem Geliebten.

Mitleid

Ich weiß es doch: Mitleid ist keine Grundlage für eine gute Beziehung.

Meine Freundin Alena, meine Eltern und einige Bekannte haben es mir mehr als einmal deutlich zu verstehen gegeben:

»Wenn du Mitleid empfindest, leidest du mit. Du durchlebst dasselbe, um das sich dein Liebster sorgt.«

Und ich musste ihnen Recht geben!

Im Laufe unserer langjährigen Beziehung habe ich zu Sebastian sehr oft gesagt: »Du tust mir leid!«

Ja, er tut mir wirklich leid. Und zwar immer dann, wenn er davon berichtet, dass er bisher an seinem Leben vorbeigelebt hat, keine richtigen und wahren Freunde nennen kann und sich im Grunde seines Herzens eine andere Frau gewünscht hätte als mich. Selbst da tat er mir noch leid, obwohl er mich mit dieser Äußerung maßlos verletzt. Ich verzeihe ihm. Und ich leide mit ihm.

Wenn ich ihm in seine fragenden Augen schaue, sehe ich, wie er nach mir ruft und mich bittet, ihn doch endlich in die Arme zu nehmen.

Dann kommt er mir vor wie ein kleiner Junge, der besonders viel Liebe und Zuwendung braucht, der nicht allein sein kann und meine Nähe spüren will. Und ich sehe in seinen Augen auch, dass ihn Verzweiflung und Hilflosigkeit bedrängen. In Gedanken frage ich ihn oft:

»Was hast du aus deinem Leben gemacht? Und warum besitzt du nicht die Gabe, auf das stolz zu sein, was du anderen Menschen ermöglicht hast? Dass sie erst durch dich glücklich und zufrieden, aber auch unabhängig, selbstkritisch und mutig geworden sind. Das sie sich stets auf dich verlassen können und das du sehr liebenswert bist. Du hast wirklich keinen Grund wehleidig oder gar enttäuscht zurückzublicken.«

Um mich hast du dich nicht sonderlich kümmern müssen. Ich war immer für dich da, und ich werde auch weiterhin für dich da sein. Jedoch auf eine andere Art, wie du sie von mir seit vielen Jahren gewohnt bist. Ich werde dich nicht verlassen. Aber ich werde Mitleid aus meinen Gedanken verbannen. Es hinderte mich daran, das zu empfinden, nach dem ich mich so lange gesehnt habe und was nun auch in meinen Träumen einen festen Platz gefunden hat:

Ich sehe ein Meer von Zärtlichkeiten und guten Gefühlen, von Geborgenheit und Wärme. Es ist ein Gefühl von Zuhausesein und Angekommensein an einem so wohligen Ort. Ich kann mich fallen lassen und dabei alles um mich herum vergessen. Ich kann den Tag genießen und ausgelassen nach Herzenslust lachen und albern sein.

Ich habe endlich das gefunden, was ich seit vielen Jahren in unserer Beziehung vermisst habe.

Ich lebe wieder! Und ich genieße jeden Augenblick. Nein, mein Lieber, ich verlasse dich nicht.

Ich werde Mitleid gegen Anteilnahme und Verständnis eintauschen. Und ich werde da sein, wenn du mich brauchst. Wie eine Schwester werde ich dich umarmen und deine Tränen trocknen, wenn du dich einsam fühlst und dich an mich lehnst.

Ich werde mit dir lachen und weinen, mit dir reden, schweigen und diskutieren. Aber eines werde ich nicht mehr sein:

Ich werde mit dir nicht glücklich sein. Und darum gehe ich und bin dir dabei trotzdem sehr nah, so nah, wie du es dir schon immer gewünscht hast. Denn schließlich liebe ich dich - auf meine Art.

Das letzte Mal

Vorsichtig trägt sie die Wimperntusche auf. Sie beugt sich leicht nach vorn, ganz dicht vor den Spiegel, und stützt sich dabei mit der linken Hand ab. In dieser Position verweilt sie nur wenige Sekunden, als ob ihr Körper erstarrt ist.

Sie spürt, wie ihre Hand fast unmerklich zu zittern beginnt. Sie hat Mühe, den Lidschatten gleichmäßig aufzutragen, mit dem sie ihre ausdrucksvollen Augen noch mehr zur Geltung bringen möchte.

Sie tut dies so hingebungsvoll, als würde es ihr helfen können, alles noch besser zu sehen und wahrzunehmen, was um sie herum geschieht. Aber darauf wird es an diesem Abend nicht ankommen.

Noch einmal schaut sie sich kritisch und prüfend im Spiegel an und merkt plötzlich, dass sie nicht allein ist.

»Wie lange schaust du mir schon zu?«

»Eine ganze Weile. Und ich könnte dir stundenlang zusehen, wie du dich schminkst, deine Haare legst oder deine Haut eincremst.«

Er hat sie schon oft dabei beobachtet und ist immer wieder von ihrem Körper fasziniert, aber auch davon, wie sie sich bewegt und vor dem Spiegel konzentriert ihr Aussehen verändert.

Beide wissen, dass es heute einen ganz besonderen Grund gibt, sich so zurecht zu machen. Keiner wagt es auszusprechen. Sie spüren jedoch diese Spannung zwischen ihnen, die sich von Minute zu Minute verstärkt.

»Warum machst du dich für ihn so schön?«

Seine Worte treffen sie wie einen Schlag. Sie sucht unbewusst am Waschbecken Halt und schaut ihn dabei an.

»Wir haben darüber so oft geredet. Mach es uns beiden nicht so schwer. Bitte! Und wir sind uns doch einig, dass wir ein Paar sind und zusammengehören. Oder etwa nicht? Wann geht das endlich in deinen Kopf?«

Er hatte in den vergangenen Monaten viel zu viele Gedanken und Eindrücke zu verarbeiten gehabt. Nicht selten war er darüber spät abends an ihrer Seite eingeschlafen und am nächsten Morgen wie gerädert aufgewacht.

»Ja, ich weiß es. Aber heute gehst du aus einem besonderen Anlass zu ihm. Ich habe Angst, dass du von ihm nicht mehr zurückkehrst und dass du es dir anders überlegst und bei ihm bleibst. Für immer bei ihm bleibst.«

Beide bringen in diesem Augenblick kein Wort mehr heraus, als ob bereits alles gesagt wäre.

»Wenn du nachher zu ihm gehst, wirst du es doch tun, oder etwa nicht? Hast du es dir vielleicht anders überlegt?«

Sie antwortet nicht auf seine Fragen. Stattdessen zieht sie sich weiter an und steht nun sehr unentschlossen vor dem geöffneten Kleiderschrank.

»Was meinst du? Soll ich das hellblaue Kleid anziehen oder eine Jeans? Ob es am Abend wieder sehr kühl wird?«

Viele Kleidungsstücke hat sie nicht in seiner Wohnung, seit sie vor mehr als einem halben Jahr Hals über Kopf zu ihm gezogen ist. Sie hat alles zurückgelassen, was ihr einst so wichtig erschienen war. Nur mit einer vollgestopften Sporttasche und einem Rucksack hatte sie spät abends vor seiner Tür gestanden und darum gebeten, bei ihm bleiben zu dürfen; für immer und entschlossen, unter ihre Vergangenheit einen Schlussstrich zu ziehen.

»Es ist endgültig vorbei!«, waren ihre ersten Worte gewesen, als er ihr gegen Mitternacht geöffnet hatte.

Er hatte sie mit offenen Armen empfangen und war in diesen Augenblicken der glücklichste Mensch gewesen. Er hatte es sich so sehr gewünscht, dass sie sich für ihn entscheiden würde. Und er hatte zunehmend darunter gelitten, dass sie zu ihrem langjährigen Freund eine so enge freundschaftliche Beziehung unterhielt. Er wollte diese attraktive Frau nicht mit einem anderen Mann teilen. Das hatte er ihr mehr als einmal zu verstehen gegeben.

Und nun überlegt sie, was sie anziehen soll, wenn sie zu ihrem Freund geht - ein letztes Mal, wie sie es mehrmals beteuert.

Noch einen kurzen Augenblick überlegt sie und streift sich endlich das hellblaue Kleid mit einer eleganten Bewegung über ihren Körper. Er sieht eine äußerst attraktive Frau vor sich, die er um nichts auf der Welt mehr hergeben möchte.

Dieses Kleid hatte er von Anfang an gemocht. Sie hatte es an dem Tage getragen, als sie sich kennen lernten. Das war vor fast genau zwei Jahren gewesen. Und ausgerechnet heute trägt sie es zu einem Anlass, der mit Kennen-Lernen und Sich-Verlieben nichts zu tun haben wird.

Er kann es kaum ertragen, wie sie sich vor dem Spiegelschrank betrachtet. Unweigerlich kommen Erinnerungen zurück, und er hat Mühe seine Emotionen zu verbergen.

Plötzlich holen ihn Gedanken an die glücklichen Stunden ein, die er mit seiner Freundin verbracht hatte. Er kann sich ihnen nicht entziehen und denkt daran, wie glücklich sie in den ersten Wochen miteinander waren, dass keine Stunde verging, in der sie nicht auf irgendeine Weise in Kontakt kamen.

Es waren Leidenschaft und Liebe gewesen, und es war dieses grenzenlose Verlangen nach etwas, was beiden schon seit langem gefehlt hatte: Nur dem anderen zu gehören, ihm alles zu sein und nie mehr aufzuhören ihn zu lieben. Nicht selten hatten sie das Gefühl gehabt, füreinander bestimmt zu sein.

Nun steht er da wie ein Häufchen Unglück. In seinen Augen kehrt die Traurigkeit und Verzweiflung zurück, die er vor einigen Jahren zuletzt erlebt hatte, als ihn seine Freundin wegen eines anderen Mannes verlassen hatte. Es war für ihn so unendlich schwer gewesen, sie gehen zu lassen.

Und nun muss er mit ansehen, wie sich seine große Liebe immer weiter von ihm entfernt. Da ist kein Prikkeln mehr zu spüren, kein Verlangen und keine Lust. Es ist nur noch Schweigen. Sie betrachtet ihn mitleidig, was ihn nur noch trauriger werden lässt.

»Nun mach es uns beiden doch nicht so schwer! Warum quälst du dich so?«

Sie weiß genau, was in ihm jetzt vorgeht und an was er nun denkt.

»Du hast meine Fragen noch nicht beantwortet.«

Sie steht vor ihm und schaut ihn wortlos an. In seinen Augen erkennt sie seine Unsicherheit und auch seine Verzweiflung. Schließlich kennt sie den Gesichtsausdruck mit diesen anklagenden Augen, die sie schon eine ganze Weile so leer und leblos anschauen.

Er versucht sie vergeblich zu einer Antwort zu bringen, indem er sie liebevoll umarmt.

Doch keiner spricht ein Wort. Sie schweigen sich an.

Als sie wenige Minuten später die Wohnung verlässt, wird ihm klar, dass sie es nicht übers Herz bringen wird, ihren langjährigen Freund für immer zu verlassen.

Sie kehrte an diesem Abend nicht mehr zu ihm zurück. Er sah sie nie wieder

Abreise

Gleich werde ich ihn wiedersehen, ihn umarmen und küssen, ihm sagen, wie sehr ich ihn liebe. Nur noch wenige Momente, und ich habe ihn endlich für mich allein.

Seine Zärtlichkeiten, seine Berührungen, seine Blicke und diese unvergleichliche Art, mich zu verwöhnen, haben bei mir in nur wenigen Wochen eine tiefe innere Bindung zu ihm wachsen lassen. Ja, ich werde ihn mit den Worten begrüßen:

»Ich liebe dich, mein Knuddelbär!«

Ich kann einfach nicht schnell genug die Stufen hinaufeilen. Ich zähle nicht einmal mehr die Stockwerke bis zu meiner Wohnung. Und je näher ich meinem Zuhause bin, desto mehr spüre ich mein Herz schlagen.

Es sind diese wunderschönen Gefühle, die ich für ihn empfinde. Ich bin entschlossen, sie mit ihm und keinem anderen Mann zu teilen.

Ja, ich bin verrückt nach ihm. Ich würde alles für ihn tun, um ihn nie wieder hergeben zu müssen und immer bei ihm sein zu können. Ich genieße es, wenn er mich anschaut und zu mir sagt:

»Ich hab dich so lieb. Es ist einfach schön mit dir. Du bist meine Frau.«

Aber dieses Mal werde ich es sein, die ihn liebevoll begrüßt. Keine Chance wird er haben, auch nur ein Wort herauszubringen, mir in seiner liebevollen und fürsorglichen Art zuvorzukommen. Er wird keine Zeit haben, mir meine Wünsche von den Augen abzulesen. Nein, dieses Mal überrasche ich ihn, nachdem ich die Wohnungstür leise aufgeschlossen habe und mich auf Strümpfen fast lautlos in das Schlafzimmer geschlichen habe. Dann werde ich mich vorsichtig unter seine Bettdecke legen und an seinen weichen und warmen Körper kuscheln.

Spätestens dann ist der Augenblick gekommen, den ich mir immer und immer wieder in meinen Gedanken vorgestellt und herbeigesehnt hab:

Ich wollte zärtlich und liebevoll von einem Mann verwöhnt werden, der mich ehrlich und aufrichtig liebt, der mir Wärme und Geborgenheit schenkt, der mich akzeptiert und respektiert so wie ich bin. Mit meinen Fehlern, mit meiner Art zu leben, zu lieben und mit meinen Wünschen, die ich viel zu lange in mir herumgetragen habe. In ihm habe ich einen Menschen gefunden, der mir das alles gibt und mich endlich glücklich sein lässt.

Ich habe mir schon im Treppenhaus die Schuhe ausgezogen und steige mit großen und leisen Schritten die Stufen hinauf. Wie ein Teenager, der wieder einmal zu spät nach Hause gekommen ist, schleiche ich kaum hörbar an den Wohnungstüren meiner Nachbarn vorbei. Und immer in der Hoffnung, dass niemand öffnet und mich aufhält, mich in ein Gespräch verwickelt, weil wieder einmal die Treppenhaus-Beleuchtung nicht richtig funktioniert. Nein, jetzt will ich von niemandem gestört werden, niemand soll und kann mich aufhalten.

Ich stehe vor meiner Wohnungstür und suche nach dem Schlüssel. Es kommt mir so vor, als sei es der Schlüssel zum Glück meines Lebens. Fast lautlos öffne ich die Tür und schließe sie äußerst vorsichtig. Wie in Zeitlupe bewege ich mich nur wenige Schritte im Flur und beginne, mich vor der Garderobe langsam zu entkleiden. Dabei spüre ich sehr deutlich meinen Herzschlag.

Jetzt nur nichts fallen lassen, keinen Laut von sich geben, niemanden merken lassen, dass ich bereits in der Wohnung bin. Es soll die absolute Überraschung sein, wenn ich mich zu meinem Liebsten ins Bett lege.

Sogar die Wellensittiche in meinem Wohnzimmer verraten mich nicht durch freudigen Begrüßungslärm. Nur ein kaum hörbares Zwitschern verrät die kleinen Lebewesen nebenan.

In meiner Wohnung liegt eine unheimliche Ruhe. Sie ist irgendwie beängstigend. Ich traue mich kaum zu atmen. In meiner eigenen Wohnung wage ich mich nicht einmal das Licht einzuschalten. Ich taste mich vorsichtig mit kleinen Schritten in Richtung Schlafzimmertür. Mein Herz pocht, als ob es jeden Augenblick bersten wollte.

Vorsichtig öffne ich die nur leicht angelehnte Tür zum Schlafzimmer. Es ist dunkel. Es ist so dunkel, das ich nur erahnen kann, wo das große Bett beginnt, und wo ich mich gerade befinde. Schließlich taste ich mich am Bett entlang, fühle die weiche und wohlige Decke, unter der wir in so vielen Nächten dieses unbeschreibliche Gefühl von Wärme und Geborgenheit, von Zuhausesein und Nähe, von so inniger Liebe und Zärtlichkeiten gespürt haben.

Ich habe mit meinen Händen die Bettdecke ertastet und beginne mich nun vorsichtig in das Bett zu legen. Gleich werde ich den warmen Körper meines Liebsten spüren und ihm endlich nahe sein. Nur noch wenige Zentimeter und Augenblicke scheine ich davon entfernt zu sein.

Meine innere Spannung ist fast unerträglich. Ich möchte ihn so gern spüren und nie wieder loslassen. Ich bin verrückt nach meinem Liebsten.

Jetzt müsste ich doch eigentlich seinen Körper spüren, seine Wärme, seine Hände und auch hören wie er atmet.

Das Bett ist leer!

Niemand ist da!

Ich rufe nach ihm, ziehe dabei die Bettdecke zur Seite.

Ich bin allein in diesem Raum, in dieser Wohnung. Er ist gegangen. Er ist einfach gegangen, ohne mir etwas zu sagen. Keine Andeutungen, keine Aussprache, kein Hinweis darauf, dass er mich verlassen will. Ich kann und will es nicht glauben.

Ich durchsuche alle Zimmer meiner Wohnung. Sogar auf dem Balkon suche ich nach meinem Liebsten. Nicht einmal den Kleiderschrank lasse ich aus. Er kann doch nicht einfach so gegangen sein, ohne Auf Wiedersehen zu sagen, von mir gegangen sein, hämmert es in meinem Kopf. Nein! Nein! Das kann doch nicht wahr sein. Warum ist er fort? Warum hat er mich verlassen, ohne etwas zu sagen?

Ich will diese Gedanken nicht zulassen. Nach diesen schönen und unvergesslichen Stunden und Nächten mit ihm und nach so vielen Begegnungen.

Wir hatten vom ersten Augenblick unserer Begegnung etwas füreinander empfunden, das selten und so einzigartig war:

Wir hatten das Gefühl sich schon lange Zeit zu kennen und zu gehören. Wir lebten in einer Art Seelenverwandtschaft, die uns glücklich werden ließ.

Ich verliere allmählich die Fassung. Mein Körper wehrt sich innerlich gegen diese Situation, die ich nicht begreifen kann und auch nicht begreifen will. Es kommt mir so vor, als sei es ein böser Traum. Ich verstehe einfach nicht, was geschehen ist.

Mein Liebster soll mich verlassen haben?

Diese Vorstellung tut unendlich weh. Erst als ich mich in meinem Büro vor den Computer setze, um ihm einen Brief zu schreiben, entdecke ich eine Mitteilung von meinem Liebsten.

»Meine Liebe, meine große Liebe Anna,

wenn Du diese Zeilen liest, wirst Du sicherlich enttäuscht sein. Ich habe Dich verlassen. Aber ich kann nicht anders. Ich halte diesen Zustand nicht länger aus.

Dabei kannst Du es mir nicht deutlicher und schöner zei-

gen und mich spüren lassen, wie sehr du mich liebst, wie gern du mit mir zusammen sein möchtest. Du bist eine besondere, eine wunderbare und begehrenswerte, sympathische und attraktive Frau. Ja, du bist das, was so viele Männer mit dem Begriff »Traumfrau« assoziieren. Du bist zärtlich, gefühlvoll und leidenschaftlich. Du hast eine wunderbare Figur, große blaue Augen, die einen so liebevoll anschauen können und schwach werden lassen. Dich zu spüren, ist immer wieder ein Erlebnis. Aber dennoch verlasse ich dich.

Der Grund liegt nicht bei dir. Nein, er ist so banal und erklärt sich selbst:

Du hast einen langjährigen Freund, den du liebst und den du unter keinen Umständen verlassen möchtest. Das hast du mir mehr als nur einmal zu verstehen gegeben. Du hast den Grund für mein Verhalten damit selbst geliefert.

Meine Gefühle für dich werde ich nicht abstellen können. Nein, ich werde dich immer lieben und in meinem Herzen tragen. Das sollst du wissen.

Ich wünsche dir mit deinem Anderen alles Gute und gehe in diesen Augenblicken mit einer unvorstellbaren Traurigkeit und Leere in mir, wie ich sie noch nie erlebt habe. Ich liebe dich, mein Frosch!

Dein Sebastian.«

Wie oft habe ich Sebastian versucht klar zu machen, das ich Rolf wie einen Bruder erlebe und auch so zu ihm stehe? Sind unsere getrennten Wohnungen, in denen wir seit vielen Jahren unser eigenes Leben führen, nicht Beweis genug, wie ich zu ihm stehe? Was kann ich noch tun, um ihn davon zu überzeugen?

Und warum begreift er nicht, dass man einen guten Freund nicht einfach so verlässt und sich plötzlich vollständig von ihm abwendet? Und das, weil man glaubt, einen anderen Menschen mehr zu lieben, als seinen langjährigen Partner. Ich weiß, dass ich Sebastian damit immer weh getan habe. Und ich weiß aber auch, dass ich ihn nicht verloren habe. Nein, das ganz gewiss nicht. Ich werde um ihn kämpfen und ihn nicht gehen lassen.

Als ich wenige Minuten später Hals über Kopf das Haus verlasse, schaue ich mich noch einmal kurz um, bevor ich fest entschlossen in Richtung Hauptbahnhof laufe.

Danken

möchte ich an dieser Stelle all jenen, die sich die Zeit genommen und die Mühe gemacht haben, um mir bei der Veröffentlichung dieses Kurzgeschichtenbandes mit Rat und Tat zur Seite zu stehen.

Meiner Lektorin und besten Freundin Maja Langsdorff danke ich für ihre Geduld und Ausdauer, wenn es darum ging, meine Texte aufzubereiten und letztlich auch »lesbar« zu machen.

Deinen Prosatext »Verrat« habe ich aus besonderem Anlass und daher sehr gerne in dieses Buch mit aufgenommen.

der Autor

Lesetipp und Kontakte

Von Peter Tkocz bereits erschienen:

»ICE 4100 in Gefahr!«

Bei diesem Roman geht es um die Entführung eines ICE, der von Hamburg nach München unterwegs ist. Der Ausgang der dramatischen Zugfahrt ist ungewiss. Wird es dem Sondereinsatz-Kommando der Polizei gelingen, diesem Albtraum ein schnelles und unblutiges Ende zu bereiten und die mehr als 250 Passagiere des Hochgeschwindigkeitszuges sicher an ihr Ziel zu bringen?

ISBN 3-00-005109-0 8,50 €

Buchbestellung über das Internet, den Buchhandel oder direkt beim Autor unter:

E-Mail : info@peter-tkocz.de